MW01709995

注音版

ZHUYINBAN 学生课外必读丛书

三国演义

长江出版社

编者的话

《三国演义》是我国古典小说的四大名著之一，是世界文学宝库中的经典之作，在世界文学史上占有重要的地位。

《三国演义》描写的是从东汉灵帝开始直至晋朝武帝的一段历史，当时朝廷腐败，宦官专权，加上连年灾荒，民不聊生，终于爆发了一场大规模的黄巾军起义，各地军阀借镇压黄巾军为由，大肆招兵买马，扩充地方武装，以致军阀割据，战乱频仍。作者将其演绎为魏、蜀、吴三方纷争的动人故事，并塑造出一系列生动的艺术形象，如运筹帷幄、决胜千里的诸葛孔明，骁勇善战、忠义为先的关云长，威猛刚烈、嫉恶如仇的张翼德，浑身是胆、身经百战的赵子龙，武艺超群、所向披靡的马孟起，弓马娴熟、宝刀不老的黄汉升，以及忧国忧民的刘玄德，雄霸江东的孙仲谋，一代奸雄曹阿瞒，乱世权臣董卓，旷世奇才周公瑾等，均刻画细腻、生动传神。

本书是罗贯中原著的改写本。它保留了原著的精华，剔除了一些少年不宜的糟粕，情节与人物描写集中、生动、突出。本书用现代汉语改写，又保留了原著中的一些语言特色，对青少年阅读欣赏古典文学作品会有一定的帮助。

目录

讨黄巾桃园三结义

taohuangjintaoyuansanjieyi

dōng hàn mò nián cháo tíng fǔ bài huàn guān nòng quán cóng cǐ tiān xià dà
东汉末年，朝廷腐败，宦官弄权，从此天下大
luàn dào zéi fēng qǐ
乱，盗贼蜂起。

dāng shí jù lù jùn yǒu dì xiōng sān rén dà gē jiào zhāng jiǎo èr gē
当时，巨鹿郡有弟兄三人，大哥叫张角，二哥
jiào zhāng bǎo sān dì jiào zhāng liáng yì jūn tóu guǒ huáng jīn shēng shì hào dà
叫张宝，三弟叫张梁。义军头裹黄巾，声势浩大，
guān jūn wén fēng ér táo yōu zhōu tài shǒu liú yān jiàn qǐ yì jūn shēng shì hào
官军闻风而逃。幽州太守刘焉见起义军声势浩
dà biàn jí máng xiàng gè dì fā bù bǎng wén zhāo mù bīng jiàng
大，便急忙向各地发布榜文，招募兵将。

hé běi zhuō xiàn yǒu gè hǎo hàn xìng liú míng
河北涿县有个好汉姓刘，名
bèi zì xuán dé zǔ xiān shì hàn jǐng dì zhī zǐ
备，字玄德，祖先是汉景帝之子
zhōng shān jìng wáng liú shèng liú bèi shēng huó pín hán
中山靖王刘胜。刘备生活贫寒，
fù qīn zǎo yǐ qù shì tā hé mǔ
父亲早已去世，他和母
qīn xiāng yī wéi mìng kào biān zhī
亲相依为命，靠编织
chū mài cǎo xí cǎo xié dù rì
出卖草席、草鞋度日。

zhè tiān liú bèi kàn le
这天，刘备看了
zhāo bīng de bǎng wén bù yóu kǎi
招兵的榜文，不由慨

然长叹。忽听背后有人高声说："大丈夫不为国家出力，叹什么气？"刘备回头看，只见那人豹头环眼，声若响雷，就问他姓名。那人说："我姓张名飞，字翼德，祖辈居住涿县，靠卖酒杀猪为生，专好结交天下豪杰。刚才见你看榜长叹，所以来问。"刘备说他想破贼，却心有余而力不足，张飞说他愿出钱募兵，跟刘备共举大事，二人就到一家酒店喝酒。正喝着，见一个大汉推一辆车子到门前停下，进店就喊酒保快拿酒，喝了去投军。

刘备见那大汉面如红枣，凤眼蚕眉，相貌堂堂，就邀他同坐，问他姓名。大汉说："我姓关名羽，字云长，河东解良人。因打抱不平杀了土豪，逃出五六年了。听说这里招兵，就来投军。"三人越说越投机，一起来到张飞的庄上。

一天之中，结交了两个朋友，张飞很开心。他说：

wǒ jiā táo yuán táo huā zhèng kāi fēi cháng hǎo kàn zán men jiù zài táo yuán li
“我家桃园桃花正开，非常好看，咱们就在桃园里
duì tiān fā shì jié bài xiōng dì ba liú bèi
对天发誓，结拜兄弟吧。”刘备、
guān yǔ yì kǒu tóng shēng de dā ying le
关羽异口同声地答应了。

dì èr tiān sān rén zài táo yuán zhōng
第二天，三人在桃园中
bǎi shè xiāng àn gòng pǐn jì gào tiān dì
摆设香案供品，祭告天地。
sān rén xiàng tiān xíng lǐ
三人向天行礼
qí shēng shuō dào liú
齐声说道：“刘
bèi guān yǔ zhāng fēi
备、关羽、张飞
sān rén cǐ shí cǐ dì
三人，此时此地，
jié wéi yì xìng xiōng dì
结为异姓兄弟。
cóng cǐ yǐ hòu tóng xīn
从此以后，同心
xié lì bào xiào guó jiā
协力，报效国家，
ān fǔ bǎi xìng bù qiú
安抚百姓！不求
tóng nián tóng yuè tóng rì shēng dàn yuàn tóng nián tóng yuè tóng rì sǐ liú bèi
同年同月同日生，但愿同年同月同日死！”刘备
nián jì zuì dà bài wéi dà gē guān yǔ wéi èr dì zhāng fēi zuì xiǎo chēng
年纪最大，拜为大哥，关羽为二弟，张飞最小，称
sān dì sān rén zhāo mù le wǔ bǎi shì bīng dài zhe tā men tóu bèn tài shǒu
三弟。三人招募了五百士兵，带着他们投奔太守
liú yān liú yān jiàn liú bèi shì huáng qīn jiù rèn tā zuò le zhí er
刘焉。刘焉见刘备是皇亲，就认他做了侄儿。

guò le jǐ tiān liú yān jiē dào qīng zhōu tài shǒu gōng jǐng de guān wén
过了几天，刘焉接到青州太守龚景的官文，

shuō huáng jīn jūn jiāng chéng wéi kùn qǐng qiú pài bīng qián wǎng liú bèi shuō wǒ
说黄巾军将城围困，请求派兵前往。刘备说：“我
yuàn qián wǎng jiù yuán huáng jīn jūn jiàn tū rán lái le jiù bīng biàn fēn bīng hùn
愿前往救援。”黄巾军见突然来了救兵，便分兵混
zhàn liú bèi duì guān zhāng èr rén shuō zéi zhòng wǒ guǎ bì chū qí bīng
战。刘备对关、张二人说：“贼众我寡，必出奇兵，
fāng kě qǔ shèng yú shì guān yǔ dài lǐng yī qiān rén mái fú zài shān de zuǒ
方可取胜。”于是关羽带领一千人埋伏在山的左
biān zhāng fēi dài lǐng yī qiān rén mái fú zài shān de yòu biān míng jīn
边，张飞带领一千人埋伏在山的右边，鸣金
wéi hào qí chū jiē yìng dì èr tiān huáng jīn
为号，齐出接应。第二天，黄巾
jūn qián lái tiāo zhàn liú bèi yǐn jūn chè tuì huáng
军前来挑战，刘备引军撤退。黄
jīn jūn chéng shì zhuī gǎn gāng guò shān lǐng liú
巾军乘势追赶，刚过山岭，刘

bèi jūn zhōng yì qí míng jīn zuǒ yòu liǎng jūn qí chū liú
备军中一齐鸣金，左右两军齐出，刘
bèi shuài jūn huí shēn shā xiàng huáng jīn jūn sān lù jiā
备率军回身杀向黄巾军。三路夹
gōng liú bèi děng yì zhí zhuī shā dào qīng zhōu chéng xià
攻，刘备等一直追杀到青州城下，
tài shǒu gōng jǐng yě shuài mín bīng chū chéng
太守龚景也率民兵出城
zhù zhàn huáng jīn jūn dà bài sǐ
助战。黄巾军大败，死
shāng cǎn zhòng yú shì qīng zhōu zhī
伤惨重，于是青州之
wéi bèi jiě
围被解。

liú guān zhāng zài yǐ
刘、关、张在以
hòu de jǐ gè yuè wéi jiǎo huáng
后的几个月围剿黄
jīn jūn zhàn yì zhōng lǚ jiàn qí
巾军战役中，屡建奇
gōng tā men yīng yǒng shàn zhàn de
功，他们英勇善战的
míng shēng jiàn jiàn de chuán kāi le tóng shí huáng jīn jūn chè dǐ de yǎn qí xī gǔ
名声渐渐地传开了，同时黄巾军彻底地偃旗息鼓。

伐董卓三英战吕布

fadongzhuosanyingzhanlübu

公元189年4月，汉灵帝病死，大臣董卓立陈留王为皇帝，就是汉献帝。董卓为宰相，入朝不跪，还带剑上殿。

另一大臣曹操为讨伐董卓，回到家乡。他一方面竖立起一面“忠义”白旗，在本乡招兵买马，一方面假托皇上的诏令，向各郡县发出讨伐董卓的檄文。没几天的时间，各地纷纷响应，带兵前来会盟，一共集合了袁绍、袁术、公孙瓒、孙坚等十八

lù dà jūn wèi le tǒng yī zhǐ huī dà jiā yí
路大军。为了统一指挥，大家一
zhì tuī jǔ yuán shào wéi méng zhǔ
致推举袁绍为盟主。

yuán shào dāng rén bú ràng dān fù qǐ
袁绍当仁不让，担负起
méng zhǔ de zhòng rèn zǔ zhī bīng mǎ jìn jūn
盟主的重任，组织兵马进军
luò yáng cháng shā tài shǒu sūn jiān zì gào
洛阳。长沙太守孙坚自告
fèn yǒng dāng xiān fēng yuán shào mìng lìng
奋勇当先锋，袁绍命令
tā shuài lǐng běn jùn rén mǎ xiàng luò
他率领本郡人马向洛
yáng dōng bù de sì shuǐ guān shā qù
阳东部的汜水关杀去。

dǒng zhuó jiē dào gào jí wén shū dà jīng máng jù zhòng shāng yì wēn
董卓接到告急文书，大惊，忙聚众商议。温
hóu lǚ bù tǐng shēn ér chū yào lǐng bīng yíng dí guān xī rén huá xióng zì gào
侯吕布挺身而出，要领兵迎敌。关西人华雄自告
fèn yǒng yào tì lǚ bù shā jìn zhū hóu dǒng zhuó jiù mìng huá xióng wéi piào qí
奋勇，要替吕布杀尽诸侯。董卓就命华雄为骠骑
xiào wèi tóng lǐ sù hú zhěn zhào cén lǐng bīng wǔ wàn xīng yè gǎn dào sì
校尉，同李肃、胡轸、赵岑领兵五万，星夜赶到汜
shuǐ guān jié guǒ sūn jiān dà bài
水关。结果孙坚大败。

yuán shào dà jīng máng zhào zhū hóu shāng yì zěn me bàn zhòng zhū hóu miàn
袁绍大惊，忙召诸侯商议怎么办，众诸侯面
miàn xiāng qù zhǐ yǒu gōng sūn zàn bèi hòu zhàn de sān rén zài lěng xiào yuán shào
面相觑，只有公孙瓒背后站的三人在冷笑。袁绍
wèn shì shén me rén gōng sūn zàn shuō chū sān rén xìng míng cáo cāo shuō yuán
问是什么人，公孙瓒说出三人姓名。曹操说："原
lái shì pò huáng jīn jūn de liú xuán dé kuài qǐng zuò liú bèi shuō wǒ
来是破黄巾军的刘玄德，快请坐。"刘备说："我
guān zhí tài xiǎo yuán shào shuō nǐ shì hàn shì zōng qīn yīng gāi zuò
官职太小。"袁绍说："你是汉室宗亲，应该坐。"

jiù ràng liú bèi zuò zài mò wèi guān zhāng lì zài liú bèi shēn hòu tàn zi
就让刘备坐在末位，关、张立在刘备身后。探子
lái bào huá xióng yòng cháng gān tiāo zhe sūn tài shǒu de tóu jīn lái tiāo zhàn
来报：“华雄用长竿挑着孙太守的头巾来挑战。”
yuán shào wèn shuí gǎn chū zhàn guān yǔ zhàn chū lái shuō xiǎo jiàng yuàn
袁绍问：“谁敢出战？”关羽站出来说：“小将愿
zhǎn huá xióng de rén tóu xiàn shàng yuán shù nù hè nǐ yí gè xiǎo xiǎo de
斩华雄的人头献上。”袁术怒喝：“你一个小小的
mǎ gōng shǒu gǎn shuō dà huà qī zhū hóu méi yǒu dà jiàng ma gěi wǒ dǎ chū
马弓手敢说大话，欺诸侯没有大将吗？给我打出
qù cáo cāo máng quàn cǐ rén jì gǎn shuō zhè huà bì rán yǒu zhè zhǒng
去！”曹操忙劝：“此人既敢说这话，必然有这种
běn lǐng ràng tā chū zhàn rú guǒ tā dǎ bài le zài zé fá bù chí guān
本领，让他出战，如果他打败了再责罚不迟。”关
yǔ shuō wǒ yào bèi dǎ bài le qǐng shā wǒ de tóu
羽说：“我要被打败了，请杀我的头！”
cáo cāo zhēn le yì bēi rè jiǔ qǐng guān yǔ hē le shàng mǎ
曹操斟了一杯热酒，请关羽喝了上马。
guān yǔ shuō jiǔ xiān fàng zài nà er wǒ qù qù jiù huí
关羽说：“酒先放在那儿，我去去就回
lái shuō wán zǒu chū zhàng peng tí dāo shàng mǎ zhǐ tīng zhàn
来。”说完走出帐篷，提刀上马，只听战
gǔ rú léi shā shēng zhèn tiān bù yí
鼓如雷，杀声震天，不一
huì er guān yǔ fēi mǎ huí
会儿，关羽飞马回
lái bǎ huá xióng de tóu rēng
来，把华雄的头扔
zài dì shang nà bēi jiǔ hái
在地上，那杯酒还
shi wēn de cáo cāo dà
是温的。曹操大
xǐ zhāng fēi zhàn chū lái
喜。张飞站出来
shuō ǎn gē ge zhǎn le
说：“俺哥哥斩了

huá xióng bú rú chèn cǐ jī huì shā jìn guān qù huó zhuō dǒng
华雄，不如趁此机会杀进关去活捉董
zhuó yuán shù nù chì ǎn dà chén hái hù xiāng qiān ràng
卓。”袁术怒斥：“俺大臣还互相谦让，
nǐ yí gè xiǎo zú zěn gǎn yào wǔ yáng wēi dōu gěi
你一个小卒怎敢耀武扬威？都给
wǒ gǎn chū qù cáo cāo shuō yǒu gōng de jiù
我赶出去！”曹操说：“有功的就
gāi shǎng hé bì jì jiào shēn fen guì jiàn
该赏，何必计较身份贵贱？”

zhū hóu rén mǎ lái dào hǔ láo
诸侯人马来到虎牢
guān lǚ bù qí chì tù mǎ tǐng fāng
关，吕布骑赤兔马，挺方
tiān jǐ yíng dí lián shā jǐ yuán dà
天戟迎敌，连杀几员大
jiàng bǎ qián sān lù zhū hóu shā de
将，把前三路诸侯杀得
dà bài hòu wǔ lù rén mǎ gǎn lái yì qí qù zhàn lǚ bù yòu yǒu jǐ
大败。后五路人马赶来，一齐去战吕布，又有几
yuán dà jiàng sǐ shāng gōng sūn zàn huī shuò zhàn lǚ bù zhǐ jǐ huí hé biàn bèi
员大将死伤。公孙瓒挥槊战吕布，只几回合便被
jī bài zhāng fēi dà hǒu yì shēng sān xìng jiā nú xiū kuáng yān rén zhāng
击败。张飞大吼一声：“三姓家奴休狂，燕人张
fēi zài cǐ fēi mǎ tǐng máo shā shàng qù lǚ bù yǔ zhāng fēi dà zhàn wǔ
飞在此！”飞马挺矛杀上去。吕布与张飞大战五
shí huí hé bù fēn shèng bài guān yǔ yòu huī dāo shā qù lǚ bù dú zhàn
十回合，不分胜败。关羽又挥刀杀去。吕布独战
èr rén shā le sān shí huí hé réng bù fēn shèng fù liú bèi chōu chū shuāng
二人，杀了三十回合，仍不分胜负。刘备抽出双
gǔ jiàn yě shā shàng qù dì xiōng sān rén zǒu mǎ dēng bān wéi zhù lǚ bù sī
股剑也杀上去，弟兄三人走马灯般围住吕布厮
shā bā lù zhū hóu dōu kàn dāi le lǚ bù jiàn jiàn bù dí wǎng liú bèi
杀，八路诸侯都看呆了。吕布渐渐不敌，往刘备
liǎn shang xū cì yì jǐ liú bèi yì shǎn bèi tā chōng chū bāo wéi fēi mǎ táo
脸上虚刺一戟，刘备一闪，被他冲出包围，飞马逃

huí liú bèi sān rén jǐn jǐn zhuī gǎn bā lù dà jūn yì qí yǎn shā lǚ
回。刘备三人紧紧追赶，八路大军一齐掩杀，吕
bù zhǐ hǎo táo huí guān nèi
布只好逃回关内。

dǒng zhuó jiàn lǚ bù dǎ bài bīng wú dòu zhì biàn xié chí hàn xiàn dì
董卓见吕布打败，兵无斗志，便挟持汉献帝，
qiān wǎng cháng ān dǒng zhuó lín dòng shēn shí yì bǎ huǒ bǎ luò yáng chéng shāo
迁往长安。董卓临动身时，一把火把洛阳城烧
chéng jiāo tǔ yòu mìng lìng lǚ bù bǎ xiān cháo huáng dì hòu fēi de líng mù wā
成焦土，又命令吕布把先朝皇帝、后妃的陵墓挖
kāi qǔ chū péi zàng de jīn yín zhū bǎo jūn shì chèn luàn bǎ guān yuán fù hù
开，取出陪葬的金银珠宝。军士趁乱把官员富户
de mù dōu jué dào yì kōng dǒng zhuó bǎ qiǎng lái
的墓都掘盗一空。董卓把抢来
de cái bǎo zhuāng le chē jié
的财宝装了车，劫
le huáng dì hòu
了皇帝后
fēi qiān wǎng cháng
妃迁往长
ān zhào cén jiàn
安。赵岑见
dà shì yǐ qù
大势已去，
xiàng sūn jiān xiàn
向孙坚献
le sì shuǐ guān
了汜水关。
liú bèi sān rén yě
刘备三人也
duó le hǔ láo
夺了虎牢
guān
关。

连环计吕布杀董卓
liánhuánjìlǚbùshādǒngzhuó

sī tú wáng yǔn zài fǔ zhōng yì zhí zuò lì bù ān hū tīng yǒu rén zài
司徒王允在府中一直坐立不安，忽听有人在
mǔ dān tíng pàn āi shēng tàn xī wáng yǔn yuǎn yuǎn wàng qù jiàn shì fǔ zhōng gē
牡丹亭畔唉声叹息。王允远远望去，见是府中歌
jì diāo chán tā zì yòu bèi xuǎn rù fǔ zhōng jiāo shòu gē wǔ nián fāng shí
妓貂蝉。她自幼被选入府中，教授歌舞，年方十
bā sè jì jù jiā wáng yǔn duì tā yóu rú qīn shēng nǚ ér wáng yǔn wèn
八，色技俱佳，王允对她犹如亲生女儿。王允问

diāo chán wèi hé tàn xī diāo chán shuō jìn rì kàn jiàn dà rén liǎng méi chóu suǒ bì rán yǒu guó jiā dà shì fán xīn dàn bù gǎn guò wèn jīn wǎn yòu jiàn dà
貂蝉为何叹息，貂蝉说：“近日看见大人两眉愁锁，必然有国家大事烦心，但不敢过问。今晚又见大

rén zuò lì bù ān suǒ yǐ tàn xī wáng yǔn yì tīng zhè
人坐立不安，所以叹息。”王允一听这
huà xīn zhōng yí dòng yòngzhàng jī dì shuō shéi yě méi
话，心中一动，用杖击地说：“谁也没
xiǎng dào dà hàn tiān xià jìng huì zài nǐ de shǒuzhōng ya kuài
想到大汉天下竟会在你的手中呀！快
gēn wǒ dào huà gé zhōng lái diāo chán gēn wáng yǔn
跟我到画阁中来。”貂蝉跟王允
lái dào gé zhōng wáng yǔn shuō yǎn xià bǎi
来到阁中，王允说：“眼下百
xìng yǒu diào nǎo dai de wēi jī zhǐ yǒu nǐ
姓有掉脑袋的危机，只有你
cái néng wǎn jiù a zéi chén dǒng zhuó jiāng
才能挽救啊。贼臣董卓，将
yào cuàn wèi cháozhōng bǎi guān méi yǒu rèn
要篡位，朝中百官，没有任
hé duì cè dǒng zhuó yǒu yī yì zǐ xìng
何对策。董卓有一义子，姓
lǚ míng bù fēi chángyǒngměng wǒ guān
吕，名布，非常勇猛。我观
chá èr rén dōu shì hào sè zhī tú zhǐ yǒu yòng lián huán jì xiān jiāng nǐ xǔ
察二人都是好色之徒，只有用连环计，先将你许
jià lǚ bù rán hòu zài xiàn gěi dǒng zhuó nǐ cóngzhōng tiǎo bō lí jiàn tā
嫁吕布，然后再献给董卓。你从中挑拨，离间他
men fù zǐ fǎn mù ràng lǚ bù shā diào dǒng zhuó chóngzhèn jiāng shān shè jì
们父子反目，让吕布杀掉董卓。重振江山社稷，
zài lì jiāng shān quán kào nǐ de lì liàng bù zhī nǐ shì fǒu yuàn yì rú
再立江山，全靠你的力量。不知你是否愿意如
cǐ diāo chánshuō wèi le dà rén wàn sǐ bù cí dà rén jìn kě yī jì
此？”貂蝉说：“为了大人，万死不辞，大人尽可依计
ér xíng wǒ míng bai qí zhōng de dà dào lǐ wáng yǔn bù tíng de bài xiè tā
而行。我明白其中的大道理。”王允不停地拜谢她。
dì èr tiān wáng yǔn mìng rén zuò le yì dǐng jīn guān shàngmiànxiāng le
第二天，王允命人做了一顶金冠，上面镶了
hǎo jǐ kē míng zhū mì mì pài rén sòng gěi lǚ bù lǚ bù lái wáng yǔn fǔ
好几颗明珠，秘密派人送给吕布。吕布来王允府

shang dào xiè wáng yǔn shè yàn kuǎn dài tā bǎ tā pěng wéi tiān xià dì yī yīng xióng
上道谢，王允设宴款待他，把他捧为天下第一英雄。

jiǔ zhì bàn hān wáng yǔn huàn chū diāo chán shuō zhè shì wǒ nǚ ér
酒至半酣，王允唤出貂蝉，说："这是我女儿，
yīn wǒ yǔ jiāng jūn jiāo qíng shēn méi bǎ jiāng jūn dāng wài rén ràng tā lái jiàn jiāng
因我与将军交情深，没把将军当外人，让她来见将
jūn diāo chán āi zhe lǚ bù zuò xià bǎ lǚ bù gōu de shén hún diān dǎo
军。"貂蝉挨着吕布坐下，把吕布勾得神魂颠倒，
mù bù zhuǎn jīng de kàn zhe tā yòu hē le jǐ bēi wáng yǔn shuō yào bǎ diāo
目不转睛地看着她。又喝了几杯，王允说要把貂
chán xǔ pèi gěi tā tā xǐ chū wàng wài lián lián bài xiè wáng yǔn jiù ràng tā
蝉许配给他，他喜出望外，连连拜谢。王允就让他
xuǎn liáng chén jí rì qǔ huí diāo chán tā yí zài bài xiè cái gào cí lí qù
选良辰吉日，娶回貂蝉。他一再拜谢，才告辞离去。

guò le jǐ tiān wáng yǔn zài cháo táng jiàn dào dǒng zhuó jiàn lǚ bù méi gēn
过了几天，王允在朝堂见到董卓，见吕布没跟
lái jiù qǐng dǒng zhuó dào tā jiā fù yàn dǒng zhuó dào le wáng yǔn
来，就请董卓到他家赴宴。董卓到了王允
fǔ shang wáng yǔn ān pái shèng yàn kuǎn dài tā hē dào tiān hēi wáng
府上，王允安排盛宴款待他，喝到天黑，王
yǔn ràng diāo chán chū lái wèi tā zhēn jiǔ
允让貂蝉出来为他斟酒。
dǒng zhuó wèi tā de měi mào suǒ qīng dǎo wáng
董卓为她的美貌所倾倒，王
yǔn chéng jī bǎ diāo chán xiàn gěi tā
允乘机把貂蝉献给他。
tā ràng rén xiān yòng zhān chē bǎ diāo chán
他让人先用毡车把貂蝉
sòng huí xiàng fǔ
送回相府。

lǚ bù zhì wèn wáng yǔn
吕布质问王允
wèi shén me bǎ diāo chán sòng gěi
为什么把貂蝉送给
dǒng zhuó wáng yǔn shuō shì dǒng
董卓。王允说是董

zhuó bù zhī tīng shuí shuō tā nǚ ér diāo chán mào měi jiù lái fǔ shang kàn shuō
卓不知听谁说他女儿貂蝉貌美，就来府上看，说
shì yào bǎ diāo chán dài zǒu jīn tiān jiù gēn tā chéng qīn zì jǐ bù gǎn zǔ
是要把貂蝉带走，今天就跟她成亲，自己不敢阻
lán zhǐ hǎo ràng dǒng zhuó dài zǒu diāo chán lǚ bù máng huí xiàng fǔ qù zhǎo diāo chán
拦，只好让董卓带走貂蝉。吕布忙回相府去找貂蝉。

dì èr tiān zǎo shang lǚ bù cái dǎ ting chū dǒng zhuó yì huí lái jiù
第二天早上，吕布才打听出，董卓一回来就
gēn diāo chán tóng chuáng gòng qǐn lǚ bù zhǎo dào hòu fáng diāo chán yǐ jīng kàn
跟貂蝉同床共寝。吕布找到后房，貂蝉已经看
jiàn gù yì zhòu méi jiǎ zhuāng bú kuài yòu yòng luó pà àn àn cā lèi lǚ
见，故意皱眉假装不快，又用罗帕暗暗擦泪。吕
bù jiàn le gèng jiā shēng qì què yě méi bàn fǎ dǒng zhuó jiàn lǚ bù lái
布见了，更加生气，却也没办法。董卓见吕布来
le wèn tā yǒu shén me shì tā zhǐ hǎo shuō méi shì dǒng zhuó jiù ràng tā
了，问他有什么事，他只好说没事，董卓就让他
zǒu tā yí bù sān huí tóu tōu kàn diāo chán diāo chán yě àn sòng qiū
走。他一步三回头，偷看貂蝉。貂蝉也暗送秋
bō shǐ lǚ bù gèng jiā shén hún diān dǎo dǒng
波，使吕布更加神魂颠倒。董
zhuó bèi diāo chán de měi sè mí huò yí gè duō
卓被貂蝉的美色迷惑，一个多
yuè bú shàng cháo lǐ shì
月不上朝理事。

yì tiān dǒng zhuó shàng cháo lǐ sù chí
一天，董卓上朝，李肃持
jiàn fú chē tóng xíng dào le běi
剑扶车同行。到了北
yè mén shì bīng dōu bèi dǎng zài
掖门，士兵都被挡在
mén wài zhǐ fàng èr shí duō rén
门外，只放二十多人
suí chē jìn qù dǒng zhuó zài chē
随车进去。董卓在车
zhōng jiàn wáng yǔn děng dà chén dōu chí
中见王允等大臣都持

jiàn shǒu zài diàn mén wài jīng wèn lǐ sù tā men chí jiàn gàn shén me
剑守在殿门外，惊问李肃：“他们持剑干什么？”

lǐ sù bú huí dá tuī chē zhí wǎng qián zǒu
李肃不回答，推车直往前走。

wáng yǔn dà shēng mìng lìng fǎn zéi lái le wǔ
王允大声命令：“反贼来了，武

shì zài nǎ lǐ liǎng páng chōng chū
士在哪里？”两旁冲出

shàng bǎi rén shā xiàng
上百人，杀向

dǒng zhuó dǒng zhuó
董卓。董卓

shēn pī kǎi jiǎ cì
身披铠甲，刺

bú jìn qù shāng le
不进去，伤了

shǒu bì diào xià chē
手臂掉下车，

jí máng dà jiào wǒ
急忙大叫：“我

ér lǚ bù zài nǎ
儿吕布在哪

li lǚ bù gǎn lái gāo shēng xuān bù fèng zhào tǎo zéi yì jǐ
里？”吕布赶来，高声宣布：“奉诏讨贼！”一戟

cì zhòng dǒng zhuó yān hóu lǐ sù yí jiàn gē xià tā de tóu lái
刺中董卓咽喉，李肃一剑割下他的头来。

报父仇曹军围徐州
baofuchoucaojunweixuzhou

qīng zhōu huáng jīn jūn yòu fā dòng qǐ yì jù zhòng shù shí wàn gōng chéng
青州黄巾军又发动起义，聚众数十万，攻城
lüè dì zhū juàn bǎo jǔ cáo cāo miè huáng jīn jūn cáo cāo shā dào jì běi
掠地。朱隽保举曹操灭黄巾军。曹操杀到济北，
bú dào yì bǎi tiān jiù píng dìng huáng jīn shōu xiáng zú wàn rén kǒu yì
不到一百天，就平定黄巾，收降卒30万，人口一
bǎi duō wàn cáo cāo jiǎn jīng ruì shì bīng zǔ chéng qīng zhōu bīng qí yú de dōu
百多万。曹操拣精锐士兵组成青州兵，其余的都
ràng wù nóng jié bào sòng dào cháng ān cháo tíng fēng cáo cāo wéi zhèn dōng jiāng
让务农。捷报送到长安，朝廷封曹操为镇东将
jūn wēi míng rì shèng cáo cāo yòu lìng tài shān tài shǒu yìng shào dào láng yà jùn
军，威名日盛。曹操又令泰山太守应劭到琅玡郡
qù jiē tā fù qīn cáo sōng jí qí jiā rén
去接他父亲曹嵩及其家人。

cáo sōng cóng chén liú bì nàn yǐn jū dào láng
曹嵩从陈留避难隐居到琅
yá jiē dào shū xìn jiù gēn dì di cáo dé jí
玡，接到书信，就跟弟弟曹德及
yì jiā yú rén pú cóng bǎi yú rén shōu shi
一家40余人，仆从百余人，收拾
bǎi yú liàng chē zi tóu bèn yǎn zhōu tú jīng
百余辆车子投奔兖州，途经
xú zhōu xú zhōu tài shǒu táo qiān zhèng
徐州。徐州太守陶谦，正
xiǎng jié shí cáo cāo jiù chū chéng yíng jiē
想结识曹操，就出城迎接，
dà bǎi jiǔ yàn kuǎn dài liǎng tiān cáo sōng
大摆酒宴，款待两天。曹嵩

要告辞，陶谦派都尉张闿带领五百士兵护送。半路大雨倾盆，一行人就进一古寺歇宿。曹嵩让僧人把家眷都安排到房中，却让张闿和士兵住在廊下。士兵的衣服被雨打湿，口出怨言。张闿与头目商议，当夜士兵一齐动手，杀死曹嵩一家，抢了财物，放火把寺烧了。只有应劭逃脱，投奔袁绍去了。

曹操得报，哭昏在地，苏醒后咬牙立誓："洗荡徐州，方消我恨！"就命夏侯惇、于禁、典韦为先锋，率军杀往徐州，所过之处，杀得鸡犬不留。陶谦听说，仰天大哭。曹兵来到城下，陶谦登城观看，看见曹军穿孝，如同大雪铺地，当中大旗上写"报仇"两个大字。他开城出来，向曹操赔

罪。曹操大骂，命夏侯惇杀陶谦。陶谦慌忙退回。正当危急时，忽然狂风大作，飞沙走石，双方只好各自收兵。陶谦回城要自缚到曹营谢罪，以救全城百姓，麋竺站出来，愿到北海请孔融发兵救援，再派一人往青州请田楷发兵。两路兵马一到，曹兵必退。陈登愿去青州。陶谦送两人走后，率众守城。

北海太守孔融，字文举，是孔子的二十世孙，自幼聪明。先任中郎将，后升为北海太守，到任六年，很得民心。麋竺来到，向孔融求救。孔融说：“贼兵势大，不可轻敌。我听说平原相刘备是英雄，只有他能解围。”太史慈说：“请您写信，我愿去请刘备。”孔融写好书信，太史慈杀出城，来到平原，向刘备说明情况，呈上孔融的书信。刘备因兵少，去找

公孙瓒借兵。

刘备到了北平，向公孙瓒借了两千士兵，又借来赵云，来到徐州。陈登也从青州田楷处借来兵马，但田楷和孔融一样惧怕曹操，不敢轻易交战。曹操见来了两路军马，也不敢再攻城。刘备怕城中缺粮，人心不稳，与张飞带领一千士兵杀入曹营。于禁出马阻拦，被刘备、张飞杀得大败。

二人来到城下，陶谦见了旗号，开城迎进刘备。二人见了礼，陶谦一面设宴款待刘备、张飞，一面犒劳士兵。席间，陶谦捧出徐州大印，要让给刘备，刘备认为这时如果接受印信，是乘人之

wēi rě tiān xià rén chǐ xiào jiān chí bú jiē shòu liú bèi xiě le
危，惹天下人耻笑，坚持不接受。刘备写了
yì fēng xìn pài rén sòng gěi cáo cāo cóng zhōng jiǎng hé qǐng cáo cāo
一封信，派人送给曹操，从中讲和，请曹操
tuì bīng guō jiā duì cáo cāo shuō wǒ men zhèng hǎo tuì bīng qù
退兵。郭嘉对曹操说："我们正好退兵，去
shōu fù yǎn zhōu zhǔ gōng kě mài gè miàn zi gěi
收复兖州，主公可卖个面子给
liú bèi
刘备。"

táo qiān tīng shuō cáo cāo tuì bīng xīn zhōng dà xǐ zài cì tí chū yào bǎ xú zhōu ràng gěi liú bèi liú bèi yī rán yì kǒu tuī cí
陶谦听说曹操退兵，心中大喜，再次提出要把徐州让给刘备。刘备依然一口推辞。

táo qiān yǐ jīng liù shí sān suì tū rán shēng bìng yuè lái yuè zhòng jiù
陶谦已经六十三岁，突然生病，越来越重，就
qǐng mí zhú chén dēng yì shì mí zhú rèn wéi cáo cāo tuì bīng shì yīn wèi
请糜竺、陈登议事。糜竺认为，曹操退兵，是因为
lǚ bù xí qǔ yǎn zhōu yǐ hòu hái huì lái bào chóu wèi le bǎo hù xú zhōu
吕布袭取兖州，以后还会来报仇，为了保护徐州
bǎi xìng bì xū bǎ xú zhōu ràng gěi liú bèi táo qiān dì sān cì tí chū ràng
百姓，必须把徐州让给刘备。陶谦第三次提出让
xú zhōu liú bèi réng shì tuī cí dì èr tiān bǎi xìng yōng dào fǔ yá qián
徐州，刘备仍是推辞。第二天，百姓拥到府衙前，
qí shēng tòng kū shuō liú shǐ jūn rú guǒ bù jiē shòu xú zhōu wǒ men dōu
齐声痛哭，说："刘使君如果不接受徐州，我们都
bù néng huó le guān zhāng yě zài sān xiāng quàn liú bèi cái dā ying zàn shí
不能活了！"关、张也再三相劝，刘备才答应暂时
dài lǐ xú zhōu shì wù
代理徐州事务。

汉献帝迁都许昌城

hanxiandiqianduxuchangcheng

曹操平了山东，朝廷封他为建德将军、费亭侯。当时李傕自封大司马，郭汜自封大将军，横行无忌。太尉杨彪、大司马朱儁暗奏献帝，只有曹操才能除奸党，保社稷。杨彪知道郭汜的妻子生性妒忌，便让夫人故意与郭妻交往，挑拨李、郭二人的关系，以致二人反目成仇，大战五十多天，死伤士兵无数。李傕兵力渐弱，不敌郭汜。这时，张济率大军赶来，要为二人讲和，谁不听就攻打谁。李傕、郭汜只得讲和。

一天，皇上派人到曹营宣曹操入宫议事。曹操见来

rén méi qīng mù xiù jīng shén bǎo mǎn lái rén shuō wǒ
人眉清目秀，精神饱满。来人说："我
míng jiào dǒng zhāo zì gōng rén yuán wéi yuán shào zhāng yáng de
名叫董昭，字公仁，原为袁绍、张杨的
cóng shì guān fēng zhèng yì láng cáo cāo wèn cháo tíng dà shì
从事，官封正议郎。"曹操问朝廷大事，
dǒng zhāo ràng cáo cāo bǎo xiàn dì qiān dū xǔ chāng kě
董昭让曹操保献帝迁都许昌，可
chéng bà yè cáo cāo dì èr tiān jiàn le hàn
成霸业。曹操第二天见了汉
xiàn dì tí yì qiān dū xǔ chāng
献帝，提议迁都许昌，
hàn xiàn dì bù gǎn bù tīng dà
汉献帝不敢不听，大
chén men yě bù gǎn fǎn duì
臣们也不敢反对。

cáo cāo hù jià lái dào xǔ
曹操护驾来到许
chāng fēng dǒng chéng děng shí sān rén
昌，封董承等十三人
wéi hóu zì fēng dà jiāng jūn wǔ
为侯，自封大将军、武
píng hóu shǒu xià wén wǔ dōu fēng le yào zhí
平侯，手下文武都封了要职。
cháo tíng dà shì bì xū xiān bào gào cáo cāo rán hòu cái zòu zhī tiān zǐ cáo
朝廷大事必须先报告曹操，然后才奏知天子。曹
cāo xiǎng qǐ liú bèi lǚ bù liǎng gè chóu dí wèn shǒu xià zěn me bàn xún
操想起刘备、吕布两个仇敌，问手下怎么办。荀
yù rèn wéi xǔ chāng chū dìng bù yí yòng bīng kě yòng èr hǔ zhēng shí de jì
彧认为，许昌初定，不宜用兵，可用二虎争食的计
cè ràng liú bèi lǚ bù zì xiāng cán shā cáo cāo yī jì ràng tiān zǐ fēng
策，让刘备、吕布自相残杀。曹操依计，让天子封
liú bèi wéi zhēng dōng jiāng jūn yí chéng tíng hóu jiān xú zhōu mù yòu xiě le yī
刘备为征东将军、宜城亭侯兼徐州牧。又写了一
fēng mì xìn ràng liú bèi qù shā lǚ bù zhāng fēi lì jí jiù yào shā lǚ bù
封密信让刘备去杀吕布。张飞立即就要杀吕布，

liú bèi bú ràng shuō zhè shì cáo cāo de jiān jì ràng wǒ hé lǚ bù hù
刘备不让，说：“这是曹操的奸计，让我和吕布互
xiāng cán shā tā hǎo cóngzhōng qǔ lì guān yǔ rèn wéi liú bèi shuō de duì
相残杀，他好从中取利。”关羽认为刘备说得对，
zhāng fēi réng rán qì bú guò
张飞仍然气不过。

shǐ chén huí jiàn cáo cāo shuō liú bèi bú yuàn shā lǚ bù xún yù yòu
使臣回见曹操，说刘备不愿杀吕布。荀彧又
chū yì tiáo qū hǔ tūn láng jì cáo cāo yī jì yí miàn pài rén mì gào yuán
出一条驱虎吞狼计。曹操依计，一面派人密告袁
shù shuō liú bèi yào jìn gōng tā yí miàn jiǎ chuánshèng zhǐ pài liú bèi gōng
术，说刘备要进攻他；一面假传圣旨，派刘备攻
dǎ yuán shù liú bèi jiàn le shèng zhǐ mí zhú shuō zhè yòu shì cáo cāo de
打袁术。刘备见了圣旨，糜竺说：“这又是曹操的
jiān jì liú bèi shuō suī rán míng zhī shì jì dàn wángmìng bù kě wéi
奸计。”刘备说：“虽然明知是计，但王命不可违
kàng jiù wèn shéi néngshǒu xú zhōu zhāng fēi yào shǒu liú bèi yòu pà tā jiǔ
抗。”就问谁能守徐州。张飞要守，刘备又怕他酒
zuì wù shì pài chéndēng zhù zhāng fēi shǒuchéng bú ràngzhāng
醉误事，派陈登助张飞守城，不让张
fēi hē zuì wù shì cái dài liǎng wàn rén mǎ lí kāi xú zhōu
飞喝醉误事，才带两万人马离开徐州。

zhāng fēi shǒu xú zhōu bǎ rì
张飞守徐州，把日
cháng zá shì jiāo chéndēng bàn lǐ tā
常杂事交陈登办理，他
zhǐ chǔ lǐ jūn wù zhè tiān tā yàn
只处理军务。这天，他宴
qǐng guānyuán shuō wǒ gē ge
请官员，说：“我哥哥
lín zǒu ràng wǒ bú yào hē jiǔ
临走，让我不要喝酒，
jīn tiān gēn gè wèi dà zuì yì chǎng
今天跟各位大醉一场，
míng tiān dōu jiè jiǔ bāng wǒ shǒu
明天都戒酒，帮我守

chéng shuō wán jiù wèi guān yuán zhēn jiǔ lái dào cáo bào miàn qián cáo bào
城。”说完，就为官员斟酒。来到曹豹面前，曹豹
shuō wǒ tiān shēng bù néng hē jiǔ zhāng fēi bù yī yìng yào cáo bào hē
说：“我天生不能喝酒。”张飞不依，硬要曹豹喝
yì bēi bù duō shí zhāng fēi yǐ jīng hē zuì zài cì jìng jiǔ cáo bào réng
一杯。不多时，张飞已经喝醉，再次敬酒，曹豹仍
bù hē zhāng fēi nǎo nù yào dǎ cáo bào chén dēng lái quàn zhāng fēi yě
不喝。张飞恼怒，要打曹豹。陈登来劝，张飞也
bù tīng cáo bào shuō qǐng jiāng jūn kàn wǒ nǚ xù de miàn zi shang ráo wǒ
不听。曹豹说：“请将军看我女婿的面子上饶我。”
zhāng fēi wèn nǐ nǚ xù shì shuí cáo bào shuō lǚ bù zhāng fēi
张飞问：“你女婿是谁？”曹豹说：“吕布。”张飞
bào tiào rú léi wǒ dǎ nǐ jiù shì dǎ lǚ bù dà jiā quàn bú zhù
暴跳如雷：“我打你就是打吕布！”大家劝不住，
zhāng fēi mìng rén bǎ cáo bào dǎ le wǔ shí
张飞命人把曹豹打了五十
biān cáo bào huái hèn zài xīn pài rén qǐng
鞭。曹豹怀恨在心，派人请
lǚ bù tōu xí xú zhōu chén gōng rèn wéi
吕布偷袭徐州。陈宫认为
zhèng hǎo chèn liú bèi bú zài duó le
正好趁刘备不在，夺了
xú zhōu lǚ bù jiù
徐州。吕布就
lǐng wǔ bǎi qí bīng xiān
领五百骑兵先
xíng chén gōng shuài dà
行，陈宫率大
duì jiē yìng sì
队接应。四
gēng shí cáo bào kāi
更时，曹豹开
le chéng mén lǚ bù
了城门，吕布
shā jìn lái zhāng
杀进来。张

fēi shā chū dōng mén qù zhǎo liú
飞杀出东门，去找刘
bèi lǚ bù zhàn le xú zhōu
备。吕布占了徐州，
pài yì bǎi rén mǎ bǎo hù liú
派一百人马保护刘
bèi de jiā rèn hé rén bù dé
备的家，任何人不得
shàn zì rù nèi
擅自入内。
zhāng fēi
张飞
zhǎo dào liú
找到刘
bèi shuō le
备，说了
cáo bào yǔ lǚ bù lǐ
曹豹与吕布里
yīng wài hé xí qǔ xú
应外合袭取徐
zhōu de jīng guò liú
州的经过。刘
bèi dào kàn de kāi
备倒看得开，

guān yǔ què mán yuàn zhāng fēi nǐ dāng chū shǒu chéng shí shì zěn me shuō de
关羽却埋怨张飞："你当初守城时，是怎么说的？"
zhāng fēi xiū kuì de wú dì zì róng bá jiàn jiù yào zì shā liú bèi máng bào
张飞羞愧得无地自容，拔剑就要自杀。刘备忙抱
zhù tā hǎo bù róng yì cái quàn xià lái
住他，好不容易才劝下来。

小霸王孙策镇江东

xiaobawangsuncezhenjiangdong

sūn jiān de zhǎng zǐ sūn cè jiǎ jiè jiù mǔ qīn zhī míng shí zé lìng tú
孙坚的长子孙策假借救母亲之名，实则另图
dà yè xiàng yuán shù jiè le jǐ qiān jīng bīng bìng yòng yù xǐ lái dǐ yā
大业，向袁术借了几千精兵，并用玉玺来抵押。
yuán shù zǎo tīng shuō yù xǐ mìng qǔ lái guān kàn kàn hòu gāo xìng de shuō
袁术早听说玉玺，命取来观看，看后高兴地说：
wǒ bìng fēi yào nǐ de yù xǐ nǐ bǎ tā zàn shí liú zài zhè lǐ wǒ
“我并非要你的玉玺，你把它暂时留在这里。我
jiè nǐ sān qiān shì bīng wǔ bǎi pǐ mǎ píng dìng zhī hòu jìn kuài huí lái
借你三千士兵、五百匹马。平定之后，尽快回来。
nǐ zhí wèi bēi wēi nán zhǎng dà quán wǒ fēng nǐ wéi zhé
你职位卑微，难掌大权，我封你为折
chōng xiào wèi tiǎn kòu jiāng jūn míng
冲校尉、殄寇将军，明
rì jí kě lǐng bīng qián xíng sūn cè
日即可领兵前行。”孙策
bài xiè biàn dài zhe jūn mǎ
拜谢，便带着军马，
dài lǐng zhū zhì lǚ fàn hé jiù
带领朱治、吕范和旧
jiàng chéng pǔ huáng gài hán dāng
将程普、黄盖、韩当
děng rén lí qù
等人离去。

yì xíng rén zǒu dào lì
一行人走到历
yáng yù jiàn yí duì rén mǎ
阳，遇见一队人马。

qián miàn yì rén zī zhì fēng liú yí róng xiù lì jiàn
前面一人，姿质风流，仪容秀丽，见
le sūn cè xià mǎ biàn bài sūn cè yí kàn zhè rén
了孙策，下马便拜。孙策一看这人，
zhèng shì zhōu yú zhōu yú zì gōng jǐn hé sūn cè tóng
正是周瑜。周瑜字公瑾，和孙策同
nián zhǐ xiǎo liǎng gè yuè chēng
年，只小两个月，称
sūn cè wéi xiōng zhōu
孙策为兄。周
yú yuàn zhù tā chéng dà
瑜愿助他成大
yè bìng tuī jiàn
业，并推荐
le jiāng dōng zhāng
了江东张
zhāo zì zǐ
昭（字子
bù yáng zhōu
布）。扬州
cì shǐ liú yóu
刺史刘繇，
bèi yuán shù gǎn guò
被袁术赶过
jiāng zhàn lǐng qū
江，占领曲
ē tīng shuō sūn cè dǎ lái zhǔn bèi dǐ
阿。听说孙策打来，准备抵

kàng liú yóu xián tài shǐ cí nián qīng bù jiā zhòngyòng dài zhāng yīng tún bīng
抗。刘繇嫌太史慈年轻，不加重用，带张英屯兵
niú zhǔ gāng yǔ sūn cè jiāo zhàn hòu zhài qǐ huǒ dà bài ér táo nà huǒ
牛渚，刚与孙策交战，后寨起火，大败而逃。那火
shì chángjiāng dà dào jiǎng qīn zhōu tài fàng de èr rén dài le jǐ bǎi rén tóu
是长江大盗蒋钦、周泰放的，二人带了几百人投
bèn le sūn cè liú yóu táo dào shén tíng sūn cè dài shí èr míng xià shǔ kàn
奔了孙策。刘繇逃到神亭，孙策带十二名下属看

tā yíng zhài tài shǐ cí dān qiāng pǐ mǎ lái zhàn sūn cè
他营寨，太史慈单枪匹马来战孙策，
èr rén dà zhàn yì bǎi duō gè huí hé bù fēn shèng bài
二人大战一百多个回合，不分胜败。
chéng pǔ chū mǎ gāng hé tài shǐ cí
程普出马，刚和太史慈
zhàn le sān shí huí hé liú yóu dé
战了三十回合，刘繇得
dào bào gào shuō shì zhōu yú tōu xí
到报告，说是周瑜偷袭
qū ē huāngmáng tuì bīng
曲阿，慌忙退兵。
sūn cè yè jiān jié zhài dà
孙策夜间劫寨，大
huò quánshèng tài shǐ cí shōu
获全胜。太史慈收
shi le shí duō míng cán bīng
拾了十多名残兵，
táo wǎng jīng xiàn
逃往泾县。

bāng zhù zhōu yú xí qǔ
帮助周瑜袭取
qū ē de míng jiào chén wǔ sūn cè bài tā wéi xiào wèi ràng tā gōng qǔ mò
曲阿的名叫陈武，孙策拜他为校尉，让他攻取秣
líng tā shuài shí duō míng qí bīngchōng rù dí zhèn shā sǐ wǔ shí duō rén
陵。他率十多名骑兵冲入敌阵，杀死五十多人，
xià de shǒu jiāng xuē lǐ bì mén bù chū sūn cè zhènggōngchéng tàn zi lái
吓得守将薛礼闭门不出。孙策正攻城，探子来
bào liú yóu yòu qù jìn gōng niú zhǔ sūn cè gǎn dào niú zhǔ liú yóu pài
报，刘繇又去进攻牛渚。孙策赶到牛渚，刘繇派
bù jiàng yú mí chū zhàn zhàn bú dào sān huí hé bèi sūn cè cóng mǎ shangshēng
部将于糜出战，战不到三回合，被孙策从马上生
qín bō mǎ huí zhèn fán néng lái jiù yú mí zhuī dào sūn cè bèi hòu yì
擒，拨马回阵。樊能来救于糜，追到孙策背后，一
qiāng cì xiàng sūn cè hòu xīn sūn cè huí tóu dà jiào yì shēng shēng rú pī lì
枪刺向孙策后心，孙策回头大叫一声，声如霹雳，

xià de fán néng zāi xià mǎ lái shuāi suì nǎo dai sūn cè bǎ yú mí rēng
吓得樊能栽下马来，摔碎脑袋。孙策把于麋扔
xià yú mí yǐ jīng sǐ le liú yóu bèi shā de dà bài rén mǎ dà bù
下，于麋已经死了。刘繇被杀得大败，人马大部
fen tóu xiáng le sūn cè cóng cǐ sūn cè dé míng xiǎo bà wáng sūn cè zài
分投降了孙策，从此孙策得名“小霸王”。孙策再
gōng mò líng zhòng le lěng jiàn ràng bù xià yáng yán tā shāngzhòngshēnwáng xuē
攻秣陵，中了冷箭，让部下扬言他伤重身亡。薛
lǐ zhāngyīng chénhéng lái jié zhài zhòng le mái fú zhāngyīng bèi chén wǔ cì
礼、张英、陈横来劫寨，中了埋伏，张英被陈武刺
sǐ chénhéng bèi jiǎng qīn shè sǐ xuē lǐ sǐ yú luàn
死，陈横被蒋钦射死，薛礼死于乱
jūn zhōng bù xià quán bù tóu xiáng suí hòu
军中，部下全部投降。随后，
sūn cè jìn bīng jīng xiàn yòu shè jì shōu fú
孙策进兵泾县，又设计收服
tài shǐ cí tài shǐ cí dài lǐng yì
太史慈，太史慈带领一
qiān yú rén mǎ tóu xiáng sūn cè
千余人马投降。孙策
wēi zhènjiāngdōng jiù bǎ mǔ qīn
威震江东，就把母亲、
shū fù hé dì di sūn quán jiē dào
叔父和弟弟孙权接到
qū ē ràng zhōu tài xié zhù
曲阿，让周泰协助
sūn quán shǒu xuānchéng qīn zì
孙权守宣城，亲自
shuài dà jūn gōng dǎ wú
率大军攻打吴
jùn
郡。

dāng shí yán bái
当时严白
hǔ jù shǒu wú jùn zì
虎据守吴郡，自

chēngdōng wú dé wáng sūn cè fēn shuǐ lù liǎng lù bìng jìn wéi zhù wú chéng
称东吴德王。孙策分水陆两路并进，围住吴城。
yì lián sān tiān wú rén chū zhàn sūn cè yǐn
一连三天，无人出战。孙策引
bīng dào chāngmén wài zhāoxiáng chéngshang yì yuán
兵到阊门外招降。城上一员
fù jiàng zuǒ shǒu tuō zhe hù liáng
副将，左手托着护梁，
yòu shǒu zhǐ zhe chéng xià dà mà tài
右手指着城下大骂。太
shǐ cí zài mǎ shang lā gōng qǔ jiàn
史慈在马上拉弓取箭，
duì jūn jiàng shuō kàn wǒ shè zhòng
对军将说：“看我射中
zhè rén zuǒ shǒu huà shēng wèi
这人左手！”话声未
wán gōng xián xiǎng chù guǒ rán shè
完，弓弦响处，果然射
gè zhèngzhòng bǎ nà jiàng de zuǒ shǒu
个正中，把那将的左手
shè tòu fǎn dīng zài hù liángshang
射透，反钉在护梁上。
chéngshang chéng xià rén jiàn dào wú
城上城下人见到，无
bù hè cǎi zhòng rén jiù le zhè
不喝彩。众人救了这

rén xià qù yán bái hǔ dà jīng dào dí jūn zhōng yǒu zhè yàng de rén wǒ
人下去。严白虎大惊道：“敌军中有这样的人，我
men zěn me néng dǐ dǎng ya yán bái hǔ liào dí bú guò qì chéng bēn táo
们怎么能抵挡呀！”严白虎料敌不过，弃城奔逃。

吕奉先射戟罢刀兵

lüfengxianshejibadaobing

yuán shù zǎo xiǎng dāng huáng dì bù kěn guī huán yù xǐ jù jí shǔ xià
袁术早想当皇帝，不肯归还玉玺，聚集属下
wén wǔ shāng yì duì cè zhǎng shǐ yáng dà jiàng shuō sūn cè bīng jīng liáng zú
文武商议对策。长史杨大将说：“孙策兵精粮足，
yòu yǒu cháng jiāng tiān xiǎn bù rú xiān xiāo miè le liú bèi zài duì fu sūn cè
又有长江天险，不如先消灭了刘备，再对付孙策。”
jiù xiàn shàng lí jiàn lǚ bù liú bèi de jì cè yuán shù yī jì
就献上离间吕布、刘备的计策。袁术依计，
zhǔn bèi èr shí wàn hú liáng shi pài hán yìn sòng gěi lǚ bù lǚ
准备二十万斛粮食，派韩胤送给吕布。吕
bù shōu le liáng shi biǎo shì bú huì yuán zhù liú bèi yuán shù jiù
布收了粮食，表示不会援助刘备。袁术就
pài jì líng chén lán děng shuài shù wàn dà jūn jìn gōng xiǎo pèi zhāng
派纪灵、陈兰等率数万大军进攻小沛。张
fēi yào chū zhàn sūn qián rèn
飞要出战，孙乾认
wéi bīng lì bù zú yǐ dǐ
为兵力不足以抵
kàng yīng xiàng lǚ bù qiú
抗，应向吕布求
yuán liú bèi jiù xiě xìn
援。刘备就写信
xiàng lǚ bù qiú jiù lǚ
向吕布求救。吕
bù kàn le shū xìn zuǒ yòu
布看了书信，左右
wéi nán bú jiù liú bèi
为难。不救刘备，

怕袁术消灭了刘备再攻打他；救刘备，但又收了袁术的粮食。与陈宫商议后，吕布决定还是救刘备。纪灵的大军在小沛东南扎下营寨，刘备只有五千人马，硬着头皮出城安营。吕布在西南安营后，派人请来纪灵、刘备，摆酒款待，从中调解。纪灵欺刘备兵少，借口奉命而来，不愿和解。张飞拔剑要杀纪灵，被关羽拦下。刘备想和解，又不知吕布如何说服纪灵。吕布让部下把他的戟立在辕门前，他站在一百五十步开外，说：“是战是和，各听天命。我要是一箭射中戟的小枝，你们就各自收兵，要是射不中，由你们打，我不再过问。”纪灵见离这么远，吕布难射中那么小的戟的小枝，就答应了。刘备一心盼望能射中，也答应

了。吕布弯弓搭箭，一箭正射中戟的小枝，将士齐声喝彩。吕布拉着纪灵、刘备的手，回到帐中，各敬一大杯酒，庆贺讲和。纪灵没办法，只好拿了吕布的书信收兵。刘备谢了吕布，回兵小沛。

陈宫要吕布杀刘备，刘备采纳孙乾的建议，到许昌投奔曹操。曹操接待了刘备，要与刘备共同对付吕布。曹操的谋士大多认为刘备是当世英雄，不会甘心在别人手下，早晚是曹操最强大的敌人，应该趁机杀掉。只有郭嘉认为刘备得人心，杀了刘备会引起天下诸侯的不满，使

tiān xià háo jié bù gǎn zài lái tóu bèn cáo
天下豪杰不敢再来投奔曹
cāo shí jì shang shì xiāo ruò zì jǐ de shí
操，实际上是削弱自己的实
lì cáo cāo tīng le jiù xiàng hàn xiàn dì
力。曹操听了，就向汉献帝
tuī jiàn liú bèi dāng yù zhōu mù gěi liú bèi
推荐刘备当豫州牧，给刘备
sān qiān rén mǎ yí wàn hú liáng shi ràng liú
三千人马、一万斛粮食，让刘
bèi jìn jūn xiǎo pèi shōu jí
备进军小沛，收集
yuán lái de rén mǎ zhǔn
原来的人马，准
bèi hé bīng jìn gōng lǚ bù
备合兵进攻吕布。
cáo cāo zhèng zhǔn bèi
曹操正准备
yǔ liú bèi lián hé tǎo lǚ
与刘备联合讨吕
bù hū tīng zhāng xiù lián
布，忽听张绣联
hé jīng zhōu liú biǎo tún bīng
合荆州刘表，屯兵
wǎn chéng zhǔn bèi jìn gōng
宛城，准备进攻
xǔ chāng jié duó huáng dì cáo cāo yí miàn pài rén chéng nuò gěi lǚ bù hǎo
许昌，劫夺皇帝。曹操一面派人承诺给吕布好
chù yí miàn qīn shuài shí wǔ wàn dà jūn lìng xià hóu dūn wéi xiān fēng zhēng tǎo
处，一面亲率十五万大军，令夏侯惇为先锋，征讨
wǎn chéng
宛城。

曹孟德擒杀吕奉先

caomengdeqinshalüfengxian

yī tiān guō jiā duì cáo cāo shuō xú zhōu lǚ bù shí wéi xīn fù
一天，郭嘉对曹操说：“徐州吕布，实为心腹
dà huàn dāng qián yuán shào běi zhēnggōng sūn zàn wǒ jūn zhèng hǎo chéng jī yuǎn
大患。当前袁绍北征公孙瓒，我军正好乘机远
chū chú diào lǚ bù sǎo chú dōng nán rán hòu tú móu yuán shào zhè shì shàng
出，除掉吕布，扫除东南，然后图谋袁绍，这是上
jì bù rán wǒ jūn gōng yuán shào lǚ bù bì dìng chéng xū ér rù lái fàn xǔ
计；不然我军攻袁绍，吕布必定乘虚而入来犯许
chāng wéi hài bù qiǎn ya cáo cāo yī jì yú shì shāng yì dōngzhēng lǚ
昌，为害不浅呀。”曹操依计，于是商议东征吕
bù xún yù shuō zhǔ gōng kě pài rén qián wǎng yuē liú bèi děng tàn zi huí
布。荀彧说：“主公可派人前往约刘备，等探子回
bào cái kě dòng bīng cáo cāo biàn yí miàn xiě
报，才可动兵。”曹操便一面写
xìn gěi liú bèi yí miàn zòu cháo tíng fēng yuán shào wéi
信给刘备，一面奏朝廷封袁绍为
dà jiāng jūn tài wèi jiān jì qīng yōu
大将军、太尉，兼冀、青、幽、
bìng sì zhōu dū dū xiě mì xìn gào zhī yuán
并四州都督，写密信告知袁
shào nǐ tǎo fá gōng sūn zàn wǒ yí dìng
绍：“你讨伐公孙瓒，我一定
jǔ bīng xiāng zhù yuán shào jiàn xìn hòu dà
举兵相助。”袁绍见信后大
xǐ biàn lǐng bīng gōng dǎ gōng sūn zàn
喜，便领兵攻打公孙瓒。

yī tiān chén gōng dài rén chū chéng dǎ
一天，陈宫带人出城打

猎，见一人飞马而来，就把那人抓住，从身上搜出曹操给刘备的密信，就连人带信送给吕布。吕布看了书信，勃然大怒，杀了使者，先派陈宫、臧霸去泰山联络贼寇孙观、吴敦、尹礼等，攻打兖州诸郡，又命高顺、张辽进攻刘备，再命宋宪、魏续攻打汝、颍二州。

刘备败给吕布，穿城逃出西门。吕布占领小沛，没有加害刘备的妻子，让糜竺保护她们住进徐州。他留高顺、张辽守小沛，自己领兵攻打兖州。刘备正逃时，孙乾赶上来，让他去投奔曹操。二人见了曹操，刘备哭诉了兵败的经过，曹操也陪着落泪。曹操命曹仁领兵三千攻打小

pèi tā yǔ liú bèi shuài dà jūn qù shān dōng gōng dǎ lǚ bù
沛，他与刘备率大军去山东攻打吕布。

hóu chéng yǒu shí wǔ pǐ hǎo mǎ bèi mǎ fū tōu zǒu xiǎng xiàn gěi liú
侯成有十五匹好马，被马夫偷走，想献给刘
bèi hóu chéng zhuī shā le mǎ fū duó huí le
备。侯成追杀了马夫，夺回了
mǎ zhòng jiàng lái zhù hè hóu chéng xiǎng ná jiǔ
马。众将来祝贺，侯成想拿酒
zhāo dài zhòng jiàng yòu pà lǚ bù guài zuì xiān
招待众将，又怕吕布怪罪，先
gěi lǚ bù sòng qù wǔ píng shuō míng
给吕布送去五瓶，说明
yuán yīn lǚ bù dà nù mǎ shàng
原因。吕布大怒，马上
yào shā hóu chéng zhòng jiàng dōu
要杀侯成。众将都
lái shuō qíng lǚ bù jiù mìng
来说情，吕布就命
rén dǎ tā wǔ shí jūn gùn
人打他五十军棍，
zhòng jiàng dōu hěn qì fèn sòng
众将都很气愤。宋

xiàn wèi xù lái tàn wàng hóu chéng duì lǚ bù zhǐ liàn zhe qī qiè bǎ zhòng
宪、魏续来探望侯成，对吕布只恋着妻妾，把众
jiàng kàn de rú tóng yě cǎo dà wéi bù mǎn shāng liang tóu bèn cáo cāo dāng
将看得如同野草大为不满，商量投奔曹操。当
wǎn hóu chéng tōu chū chì tù mǎ wèi xù fàng tā chū chéng xū zhāng shēng shì
晚，侯成偷出赤兔马，魏续放他出城，虚张声势
de zhuī le yí zhèn hóu chéng bǎ chì tù mǎ xiàn gěi cáo cāo shuō shì sòng
地追了一阵。侯成把赤兔马献给曹操，说是宋、
wèi èr jiàng yǐ bái qí zuò xìn hào kāi mén xiàn chéng cáo cāo jiù mìng rén xiě
魏二将以白旗做信号，开门献城。曹操就命人写
le shù shí zhāng bǎng wén shuō shì shéi shēng qín huò shā sǐ lǚ bù zhòng zhòng yǒu
了数十张榜文，说是谁生擒或杀死吕布，重重有
shǎng gǎn yú dǐ kàng de mǎn mén shā jué yòng gōng jiàn shè jìn chéng
赏，敢于抵抗的，满门杀绝，用弓箭射进城。

tiān gāng fàng liàng cáo cāo zhǐ huī rén mǎ jiā jǐn gōngchéng lǚ bù tīng
天刚放亮，曹操指挥人马加紧攻城。吕布听
dào hǎn shā shēngzhèn tiān dòng dì tí shàngfāng tiān huà jǐ dēngchéng xún shì sòng
到喊杀声震天动地，提上方天画戟登城巡视，宋
xiàn chā shàng bái qí cáo bīng jìn gōnggèng jiā měng liè lǚ bù zhǐ hǎo qīn zì
宪插上白旗，曹兵进攻更加猛烈，吕布只好亲自
dǐ dǎng zhí dào zhōng wǔ cáo bīng shāo tuì lǚ bù lái dào bái mén lóu zuò
抵挡。直到中午，曹兵稍退，吕布来到白门楼，坐
zài yǐ zi shang xiē xī bù yí huì er jiù shuì zháo le sòng wèi èr jiàng
在椅子上歇息，不一会儿就睡着了。宋、魏二将

xiān ràng lǚ bù de qīn xìn tuì xià bǎ lǚ bù
先让吕布的亲信退下，把吕布
lián yǐ zi láo láo kǔn zhù bǎ jǐ rēng xià chéng
连椅子牢牢捆住，把戟扔下城
lóu yáo dòng bái qí dà kāi chéngmén xià hóu
楼，摇动白旗，大开城门，夏侯
dūn dài bīngchōng jìn chéng zhāng liáo gāo shùn chén
惇带兵冲进城，张辽、高顺、陈
gōngděng dōu bèi huó zhuō
宫等都被活捉。
cáo cāo shàng le chéng yǔ
曹操上了城，与
liú bèi yì tóng zuò zài
刘备一同坐在
bái mén lóu shang shì
白门楼上。士
bīng yā shàng fú lǚ lǚ
兵押上俘虏。吕
bù bèi kǔn chéng yì tuán
布被捆成一团，
āi qiú kǔn sōng xiē cáo
哀求捆松些，曹
cāo shuō kǔn hǔ zěn
操说：“捆虎怎
néng bù jǐn gāo shùn
能不紧！”高顺

bèi yā shàng lái rèn cáo cāo shěn wèn yì shēng
被押上来，任曹操审问，一声
bù kēng cáo cāo jiù mìng rén bǎ tā shā le
不吭，曹操就命人把他杀了。
lǚ bù duì cáo cāo shuō wǒ cóng jīn hòu fú
吕布对曹操说：“我从今后服
nǐ le nǐ dāng dà jiàng wǒ dāng nǐ de fù
你了。你当大将，我当你的副
shǒu jiù kě yǐ píng dìng tiān
手，就可以平定天
xià cáo cāo wèn liú bèi zěn
下。”曹操问刘备怎
me yàng liú bèi shuō nǐ
么样，刘备说：“你
wàng le dīng yuán dǒng zhuó de
忘了丁原、董卓的
xià chǎng le ma lǚ bù
下场了吗？”吕布
jiù mà nǐ zhè xiǎo zi zuì
就骂：“你这小子最
bù shǒu xìn yì cáo cāo
不守信义！”曹操
mìng rén jiāng lǚ bù lā qù diào
命人将吕布拉去吊
sǐ rán hòu hòu shǎng yǒu gōng
死，然后厚赏有功
zhī shì xià lìng bān shī huí cháo
之士，下令班师回朝。

煮青梅曹操论英雄
zhuqingmeicaocaolunyingxiong

huí xǔ chāng hòu cáo cāo lǐng zhe liú bèi lái bài jiàn hàn xiàn dì hàn
回许昌后，曹操领着刘备来拜见汉献帝。汉

xiàn dì tīng shuō liú bèi shì zhōngshān jìng wáng liú shèng de hòu dài máng qǔ chū huáng
献帝听说刘备是中山靖王刘胜的后代，忙取出皇

shì zōng zú de jiā pǔ chá kàn yì chá àn bèi fēn pái liè liú bèi hái shi
室宗族的家谱查看，一查，按辈分排列，刘备还是

hàn xiàn dì de shū shu hàn xiàn dì xiǎng yòng liú bèi
汉献帝的叔叔。汉献帝想用刘备

lái qiān zhì cáo cāo dāng chǎng fēng liú bèi wéi zuǒ jiāng
来牵制曹操，当场封刘备为左将

jūn cóng cǐ rén men dōu chēng liú bèi wéi liú huáng shū
军。从此，人们都称刘备为刘皇叔。

cáo cāo zhǎng wò le cháozhōng dà quán hòu zhuān
曹操掌握了朝中大权后，专

hèng bá hù gēn běn bù bǎ hàn xiàn dì fàng zài yǎn li
横跋扈，根本不把汉献帝放在眼里。

hàn xiàn dì yì xīn xiǎng chú diào cáo cāo
汉献帝一心想除掉曹操。

liú bèi jiā rù tǎo zéi tóngméng
刘备加入讨贼同盟，

pà bèi cáo cāo kàn pò jiù zài hòu
怕被曹操看破，就在后

yuán kāi wā yí piàn cài pǔ měi tiān
园开挖一片菜圃，每天

jiāo shuǐ zhòng cài guān yǔ zhāng fēi
浇水种菜。关羽、张飞

èr rén kàn bú guàn zé guài tā bù
二人看不惯，责怪他不

guān xīn guó shì tā yě bù shuō míng
关心国事，他也不说明。

yì tiān liú bèi zhèng zài hòu yuán jiāo cài xǔ chǔ zhāng liáo dài jǐ shí
一天，刘备正在后园浇菜，许褚、张辽带几十
rén chuǎng dào cài pǔ shuō chéng xiàng qǐng nǐ mǎ shàng qù liú bèi xià le
人闯到菜圃，说："丞相请你马上去。"刘备吓了
yí tiào wèn yǒu shén me yào jǐn shì xǔ chǔ shuō bù zhī dào
一跳，问："有什么要紧事？"许褚说："不知道，
chéng xiàng zhǐ ràng wǒ men lái qǐng liú bèi tí xīn diào dǎn de lái dào xiàng fǔ
丞相只让我们来请。"刘备提心吊胆地来到相府，
cáo cāo pī tóu jiù shuō nǐ gàn de hǎo dà shì yè liú bèi xià de miàn
曹操劈头就说："你干的好大事业！"刘备吓得面
rú tǔ sè cáo cāo què lā zhe tā de shǒu lái dào hòu yuán shuō nǐ
如土色，曹操却拉着他的手，来到后园，说："你
xué zhòng cài bù róng yì liú bèi zhè cái sōng le yì kǒu qì shuō bú
学种菜不容易。"刘备这才松了一口气，说："不
guò shì xiāo mó shí guāng bà le cáo cāo shuō wǒ jiàn méi
过是消磨时光罢了。"曹操说："我见梅
shù zhī tóu guà mǎn le qīng méi xiǎng qǐ qù nián gōng dǎ zhāng
树枝头挂满了青梅，想起去年攻打张
xiù shí lù shàng quē shuǐ jiàng shì kě de zǒu
绣时，路上缺水，将士渴得走
bú dòng le wǒ jiù xiǎng gè zhǔ
不动了。我就想个主
yi yòng biān qiào zhǐ zhe qián miàn de
意，用鞭鞘指着前面的
shù lín shuō qián miàn shì méi lín
树林，说前面是梅林。
jiàng shì tīng hòu kǒu zhōng shēng jīn
将士听后，口中生津，
bú zài jiào kě jīn tiān yòu jiàn qīng
不再叫渴。今天又见青
méi zhèng hǎo zhǔ jiǔ shú le suǒ yǐ
梅，正好煮酒熟了，所以
qǐng nǐ lái hē yì bēi
请你来喝一杯。"

èr rén lái dào tíng zhōng lǐ miàn yǐ jīng bǎi hǎo jiǔ xí pán zhōng fàng
二人来到亭中，里面已经摆好酒席，盘中放
zhe qīng méi hú zhōng zhuāng zhe zhǔ jiǔ èr rén kāi huái chàng yǐn zhèng hē
着青梅，壶中装着煮酒，二人开怀畅饮。正喝
zhe tū rán yīn yún mì bù suí cóng zhǐ tiān biān de lóng guà yún cǎi cáo
着，突然阴云密布，随从指天边的龙挂云彩。曹
cāo wèn shǐ jūn zhī dào lóng de biàn huà ma liú bèi shuō zhī dào
操问：“使君知道龙的变化吗？”刘备说：“知道
de bù xiáng xì cáo cāo shuō lóng néng dà néng xiǎo néng shēng néng yǐn
得不详细。”曹操说：“龙能大能小，能升能隐。
shēng zé fēi téng yǔ zhòu zhī jiān yǐn zé qián fú bō tāo zhī nèi yòng lóng lái
升则飞腾宇宙之间，隐则潜伏波涛之内。用龙来
bǐ yù hǎo bǐ shì shang de yīng xióng nǐ zǒu guò sì fāng qǐng shuō shuō shéi
比喻，好比世上的英雄。你走过四方，请说说谁
shì dāng jīn de yīng xióng liú bèi shuō wǒ ròu yǎn nǎ li néng rèn de yīng
是当今的英雄。”刘备说：“我肉眼哪里能认得英
xióng cáo cāo shuō bú yào qiān xū liú bèi shuō gǎn xiè tiān ēn
雄？”曹操说：“不要谦虚。”刘备说：“感谢天恩，
dé guān zài cháo dāng jīn tiān xià de yīng xióng zhòng duō yǒu
得官在朝。当今天下的英雄众多，有
xǔ duō bù zhī cáo cāo shuō jí shǐ bù rèn de miàn
许多不知。”曹操说：“即使不认得面
kǒng yě yīng dāng tīng wén qí míng liú bèi shuō huái
孔，也应当听闻其名。”刘备说：“淮
nán yuán shù bīng liáng zú bèi
南袁术，兵粮足备，
kě suàn dāng shì yīng xióng cáo
可算当世英雄。”曹
cāo xiào dào tā shì mù zhōng
操笑道：“他是墓中
de sǐ rén wǒ zǎo wǎn huì zhuō
的死人，我早晚会捉
zhù tā liú bèi shuō hé
住他！”刘备说：“河
běi yuán shào sì shì sān gōng
北袁绍，四世三公，

mén duō gù lì jīn hǔ jù jì zhōu
门多故吏，今虎踞冀州
zhī dì bù xià néng rén jí duō kě
之地，部下能人极多，可
suàn dāng shì yīng xióng cáo cāo xiào
算当世英雄。”曹操笑
dào yuán shào dǎn xiǎo wú móu lüè
道：“袁绍胆小，无谋略，
gàn dà shì ér xī shēn jiàn
干大事而惜身，见
xiǎo lì ér wàng mìng suàn
小利而忘命。算
shén me yīng xióng liú bèi
什么英雄！”刘备
shuō yǒu yì rén míng chēng
说：“有一人名称
bā jùn wēi zhèn jiǔ zhōu
八俊，威镇九州
liú jǐng shēng kě suàn wéi dāng shì yīng xióng cáo cāo shuō liú biǎo xū
——刘景升可算为当世英雄。”曹操说：“刘表虚
yǒu qí míng bìng wú zhēn běn lǐng suàn bù dé yīng xióng liú bèi shuō yǒu
有其名，并无真本领，算不得英雄。”刘备说：“有
yì rén xuè qì fāng gāng jiāng dōng lǐng xiù sūn cè kě chēng de dāng shì yīng
一人血气方刚，江东领袖——孙策可称得当世英
xióng cáo cāo shuō sūn cè jiè fù qīn wēi míng suàn bù dé yīng xióng
雄。”曹操说：“孙策借父亲威名，算不得英雄。”
liú bèi shuō chú cǐ zhī wài wǒ shí zài bù zhī cáo cāo shuō jīn
刘备说：“除此之外，我实在不知。”曹操说：“今
tiān xià yīng xióng zhě xiōng huái dà zhì fù yǒu liáng móu yǒu bāo cáng yǔ zhòu zhī
天下英雄者，胸怀大志，腹有良谋，有包藏宇宙之
jī tūn tǔ tiān dì zhī zhì liú bèi shuō dào dǐ shéi shì yīng xióng cáo
机、吞吐天地之志。”刘备说：“到底谁是英雄？”曹
cāo yòng shǒu zhǐ zhe liú bèi hé zì jǐ shuō dāng jīn yīng xióng zhǐ yǒu nǐ hé wǒ
操用手指着刘备和自己，说：“当今英雄只有你和我！”

liú bèi tīng hòu chī le yì jīng shǒu zhōng de kuài zi dōu diào dào dì shàng
刘备听后，吃了一惊，手中的筷子都掉到地上

了。恰好这时响个霹雳，刘备从容地拾起筷子，说："这个雷太响了。"曹操说："大丈夫也怕雷吗？"刘备说："圣人说迅雷狂风必有变故，怎能不怕？"

大雨刚停，关羽、张飞手提宝剑，突然闯了进来。原来二人回家，听说刘备被曹操请去，放心不下，赶到相府。曹操见二人握剑站立，就笑着说："这不是鸿门宴，怎能用上项庄、项伯？"刘备也笑了。曹操就命人斟酒："给二位'樊哙'压惊。"关羽、张飞拜谢。席散后，关羽、张飞问刘备，刘备说个详细，正因为怕被曹操知道他的雄心大志，才在后院学种菜。

勇关羽刀劈二猛将

yongguanyudaopiermengjiang

cáo cāo de shì lì yuè lái yuè dà hàn xiàn dì mì zhào guó jiù dǒngchéng
曹操的势力越来越大，汉献帝密诏国舅董承
děng chú diào cáo cāo liú bèi yě cān yǔ qí zhōng jié guǒ shì qing bài lù
等除掉曹操，刘备也参与其中。结果事情败露，
dǒngchéngděng bèi cáo cāo shā hài liú bèi yě bèi cáo cāo dǎ bài guān yǔ bǎo
董承等被曹操杀害，刘备也被曹操打败。关羽保
hù zhe liú bèi de jiā juàn yǔ liú bèi shī sàn guān yǔ tún bīng tǔ shān bèi
护着刘备的家眷与刘备失散。关羽屯兵土山，被
cáo bīng sì miàn wéi kùn yì tiān guān yǔ zhěng dùn rén mǎ zhèngzhǔn bèi zài
曹兵四面围困。一天，关羽整顿人马，正准备再
cì chōng shā hū rán jiàn yí gè rén qí mǎ shàngshān xì kàn shì zhāng liáo
次冲杀，忽然见一个人骑马上山，细看是张辽。
zhāng liáo quàn guān yǔ tóu xiáng cáo cāo děng dǎ ting dào
张辽劝关羽投降曹操，等打听到
liú bèi de xiāo xi zài qù tóu tā guān yǔ
刘备的消息，再去投他。关羽
xiǎng le bàn shǎng cái shuō wǒ yào yǔ cáo
想了半晌，才说：“我要与曹
chéngxiàng yuē fǎ sān zhāng tā yào yǔn xǔ
丞相约法三章，他要允许，
wǒ jiù xiáng bù yǔn wǒ nìng
我就降，不允，我宁
kě zhàn sǐ dì yī wǒ zhǐ
可战死。第一，我只
xiáng hàn dì bù xiáng cáo cāo
降汉帝，不降曹操；
dì èr gěi èr wèi sǎo sao fā
第二，给二位嫂嫂发

liú huáng shū de fèng lù shàn yǎng dì sān yí dàn wǒ zhī dào liú huáng shū de
刘皇叔的俸禄赡养；第三，一旦我知道刘皇叔的
qù xiàng bù guǎn qiān lǐ wàn lǐ wǒ dōu yào zǒu zhāng liáo huí jiàn cáo cāo
去向，不管千里万里，我都要走。”张辽回见曹操，
xì shuō zhè sān gè tiáo jiàn cáo cāo dā ying le
细说这三个条件，曹操答应了。

yì tiān cáo cāo yàn qǐng guān yǔ hái bǎ chì tù mǎ sòng gěi le tā
一天，曹操宴请关羽，还把赤兔马送给了他，
guān yǔ lián máng bài xiè shuō zhè mǎ rì xíng qiān lǐ wǒ yào shì dé zhī gē
关羽连忙拜谢说：“这马日行千里，我要是得知哥
ge de xià luò yì tiān jiù néng zhǎo dào tā cáo cāo xiān shì è rán jì
哥的下落，一天就能找到他。”曹操先是愕然，继
ér hòu huǐ bù gāi sòng mǎ cáo cāo wèn zhāng liáo
而后悔不该送马。曹操问张辽：
wǒ dài guān yǔ bù
“我待关羽不
báo tā zěn me cháng
薄，他怎么常
xiǎng lí kāi wǒ zhāng
想离开我？”张
liáo qù wèn guān yǔ guān
辽去问关羽，关
yǔ shuō wǒ suī
羽说：“我虽
shēn zài xǔ chāng dàn
身在许昌，但
xīn niàn huáng shū cáo
心念皇叔。曹
chéng xiàng dài wǒ zài
丞相待我再
hǎo yě bù rú wǒ gēn
好，也不如我跟
huáng shū shì tóng shēng sǐ
皇叔誓同生死。
bú guò wǒ huì bào dá le
不过我会报答了

cáo chéngxiàng zài zǒu　zhāng liáo shuō　rú guǒ liú bèi yǐ sǐ nǐ zěn me
曹丞相再走。”张辽说：“如果刘备已死你怎么
bàn　guān yǔ shuō　wǒ jiù gēn tā dào dì xià　zhāng liáo huí bào cáo
办？”关羽说：“我就跟他到地下。”张辽回报曹
cāo　cáo cāo tàn xī shuō　shì zhǔ bú wàng běn　zhēn shì tiān xià yì shì
操，曹操叹息说：“事主不忘本，真是天下义士。”

yuán shào fā bīng gōng dǎ xǔ chāng　cáo cāo shāng yì chū bīng　guān yǔ yào
袁绍发兵攻打许昌。曹操商议出兵，关羽要
zuò xiān fēng　cáo cāo pà tā lì gōng jiù zǒu　bìng bú yòng tā　suí jí qǐ
做先锋。曹操怕他立功就走，并不用他，随即起
bīng shí wǔ wàn　fēn chéng sān duì chū fā
兵十五万，分成三队出发。

yán liáng lǐng jīng bīng shí wàn　liè chéngzhèn shì　cáo jūn zhōngsòng xiàn chū
颜良领精兵十万，列成阵势。曹军中宋宪出
mǎ　zhàn le bù dào sān huí hé　bèi yán liáng yì dāo shā sǐ　wèi xù yào
马，战了不到三回合，被颜良一刀杀死。魏续要
wèi sòng xiàn bào chóu　tǐng máo chū zhàn　jǐn yì huí hé jiù bèi yán liáng pī sǐ
为宋宪报仇，挺矛出战，仅一回合就被颜良劈死。
chéng yù shuō　zhǐ yǒu guān yǔ néng dǎ bài yán liáng　cáo cāo shuō　wǒ pà
程昱说：“只有关羽能打败颜良。”曹操说：“我怕
tā lì gōng jiù zǒu　chéng yù shuō　liú bèi yào shì huó zhe　bì dìng zài
他立功就走。”程昱说：“刘备要是活着，必定在
yuán shào nà lǐ　guān yǔ ruò shā le yán liáng　yuán
袁绍那里。关羽若杀了颜良，袁
shào bì shā liú bèi　liú bèi yì sǐ
绍必杀刘备。刘备一死，
guān yǔ hái wǎng nǎ li qù
关羽还往哪里去？”
cáo cāo jiù pài rén qù qǐng guān yǔ
曹操就派人去请关羽。
yán liáng yòu lái tiǎo zhàn
颜良又来挑战。
guān yǔ shuō　tā shì lái mài
关羽说：“他是来卖
rén tóu de　biàn tí dāo shàng
人头的。”便提刀上

mǎ chōng xià tǔ shān zhí bèn dí zhèn yán
马，冲下土山，直奔敌阵。颜
liáng jiàn tā lái dào zhèng xiǎng wèn huà chì tù
良见他来到，正想问话，赤兔
mǎ kuài zǎo dào miàn qián guān yǔ shǒu qǐ yì
马快，早到面前。关羽手起一
dāo yán liáng cuò shǒu bù jí bèi pī
刀，颜良措手不及，被劈
sǐ mǎ xià guān yǔ tiào xià mǎ
死马下。关羽跳下马，
gē le rén tóu yòu tí dāo chōng chū
割了人头，又提刀冲出
zhèn lái guān yǔ bǎ rén tóu xiàn gěi
阵来。关羽把人头献给
cáo cāo cáo cāo chēng zàn jiāng jūn
曹操，曹操称赞："将军
zhēn shì tiān shén
真是天神！"

bài jūn jiàn le yuán shào shuō shì yán liáng bèi yí gè hóng liǎn cháng hú zi
败军见了袁绍，说是颜良被一个红脸长胡子
dà jiàng yì dāo pī sǐ yuán shào wèn zhè rén shì shuí jǔ shòu shuō
大将一刀劈死。袁绍问："这人是谁？"沮授说：
yí dìng shì liú bèi de xiōng dì guān yǔ yuán shào jiù mìng dāo fǔ shǒu shā liú
"一定是刘备的兄弟关羽。"袁绍就命刀斧手杀刘
bèi liú bèi fēn biàn shuō wǒ hé guān yǔ cóng xú zhōu shī sàn yì zhí bù
备。刘备分辩说："我和关羽从徐州失散，一直不
zhī dào tā de xià luò tiān xià xiàng mào xiāng tóng de rén yǒu de shì zěn me
知道他的下落。天下相貌相同的人有的是，怎么
hóng liǎn cháng hú zi de jiù yí dìng shì guān yǔ yuán shào rèn wéi yě yǒu dào
红脸长胡子的就一定是关羽？"袁绍认为也有道
lǐ jiù fàng guò le liú bèi wén chǒu jìn zhàng qǐng zhàn yuán shào jiù gěi tā
理，就放过了刘备。文丑进帐请战，袁绍就给他
shí wàn rén mǎ ràng tā dù huáng hé qù shā cáo cāo liú bèi yào gēn wén chǒu
十万人马，让他渡黄河去杀曹操。刘备要跟文丑
tóng xíng wén chǒu qiáo bu qǐ tā fēn gěi tā liǎng wàn rén mǎ zuò wéi hòu bù
同行，文丑瞧不起他，分给他两万人马作为后部。

曹操把关羽斩颜良的功劳奏明汉献帝，汉献帝封他为汉寿亭侯。

文丑领兵来到，迎面碰上关羽，战了不到三回合，便败下来，关羽赶上去，脑后一刀，劈死文丑。曹操指挥人马杀来，袁军大部分落进水里。

袁绍来到官渡，有人报告说："这次又是关羽杀了文丑。"袁绍大怒，想把刘备斩首。刘备说："请让我说句话再杀我。曹操最嫉恨我，知道我在你这里，让关羽连杀二将，是想借你的手来杀我，使你承担害贤的罪名。"袁绍说："有道理。"又放过了刘备。刘备说："为了报你的大恩，我写密信一封，派人送给关羽，他必定来投我，辅助你杀曹操，为颜良、文丑报仇。"袁绍大喜，说："得到关羽，胜过颜良、文丑十倍！"刘备写下书信，派人送出。

斩六将云长闯五关

zhanliujiangyunchangchuangwuguan

yì tiān nán yáng chén zhèn lái fǎng guān yǔ chéng shàng liú bèi de shū xìn
一天，南阳陈震来访关羽，呈上刘备的书信，
ràng guān yǔ jìn kuài zǒu guān yǔ xiě le shū xìn ràng chén zhèn zhuǎn jiāo liú
让关羽尽快走。关羽写了书信，让陈震转交刘
bèi qù xiàng cáo cāo cí xíng cáo cāo guà shàng huí bì pái guān yǔ mìng shǒu
备，去向曹操辞行。曹操挂上回避牌。关羽命手
xià shōu shi chē mǎ yì lián qù jǐ cì xiàng fǔ cáo cāo dōu bì mén bú jiàn
下收拾车马，一连去几次相府，曹操都避门不见。
guān yǔ yòu qù jiàn zhāng liáo zhāng liáo yě tuō bìng bú jiàn guān yǔ jiù xiě yì
关羽又去见张辽，张辽也托病不见。关羽就写一
fēng shū xìn pài rén sòng wǎng xiàng fǔ bǎ cáo cāo duō cì shǎng gěi de jīn yín
封书信，派人送往相府，把曹操多次赏给的金银
fēng cún hǎo bǎ hàn shòu tíng hóu de dà yìn guà zài táng
封存好，把汉寿亭侯的大印挂在堂
shang qí mǎ tí dāo hù sòng chē zhàng zhí bèn běi mén
上，骑马提刀，护送车仗直奔北门。
mén guān xiǎng dǎng bèi guān yǔ dà hè yì shēng xià
门官想挡，被关羽大喝一声，吓
de gǎn máng tuì bì
得赶忙退避。

guān yǔ yì xíng lái dào dōng lǐng guān
关羽一行来到东岭关，
shǒu jiàng kǒng xiù lán zhù qù lù yào kàn cáo
守将孔秀拦住去路，要看曹
cāo de gōng wén guān yǔ méi yǒu gōng wén
操的公文。关羽没有公文，
kǒng xiù jiù yào kòu yā chē zhàng yǐ liú bèi
孔秀就要扣押车仗，以刘备

de liǎng gè fū rén dāng rén zhì guān yǔ dà nù yǔ kǒng
的两个夫人当人质。关羽大怒，与孔
xiù jiāo zhàn zhǐ yì huí hé biàn bǎ tā shā le shì bīng
秀交战，只一回合便把他杀了，士兵
huāngmáng bēn táo guān yǔ hè jiào zhè
慌忙奔逃。关羽喝叫：“这
shì yǔ nǐ men wú guān qǐng nǐ men zhuǎn
事与你们无关。请你们转
gào cáo chéngxiàng jiù shuō kǒng xiù yào
告曹丞相，就说孔秀要
shā wǒ wǒ bù dé bù shā le tā
杀我，我不得不杀了他。”

luò yáng tài shǒu hán fú dé
洛阳太守韩福得
bào mángzhào jí zhòngjiàng
报，忙召集众将
shāng yì yá jiàngmèng tǎn
商议。牙将孟坦
shuō rú guǒ bù dǎng tā zhǐ
说：“如果不挡他，只
pà chéngxiàng guài zuì hán fú shuō
怕丞相怪罪。”韩福说：
yán liáng wén chǒu dōu bú shì tā de duì
“颜良、文丑都不是他的对
shǒu zhǐ kě shè jì zhuō tā mèng tǎn jiù tí chū le zhà bài jì gāng
手，只可设计捉他。”孟坦就提出了诈败计。刚
shāng yì hǎo yǒu rén bào gào shuō guān yǔ chē zhàng yǐ dào hán fú dài zhe gōng
商议好，有人报告说关羽车仗已到。韩福带着弓
jiàn dài lǐng yì qiān rén mǎ pái liè zài guān kǒu pán wèn guān yǔ guān yǔ
箭，带领一千人马排列在关口，盘问关羽。关羽
dà nù shuō dōng lǐng kǒng xiù bèi wǒ shā le nǐ yě xiǎng xún sǐ ma
大怒，说：“东岭孔秀被我杀了，你也想寻死吗？”
mèng tǎn chū mǎ huī shuāng dāo lái zhàn guān yǔ guān yǔ pāi mǎ yíng zhàn zhàn
孟坦出马，挥双刀来战关羽，关羽拍马迎战。战
le méi jǐ gè huí hé mèng tǎn bō mǎ jiù zǒu guān yǔ gǎn shàng yì dāo jiāng
了没几个回合，孟坦拨马就走，关羽赶上，一刀将

mèng tǎn kǎn chéng liǎng duàn hán
孟坦砍成两段。韩
fú yí jiàn shè lái zhèng zhòng guān
福一箭射来，正中关
yǔ zuǒ bì guān yǔ yòng yá
羽左臂。关羽用牙
bá chū jiàn bú gù xuè
拔出箭，不顾血
liú rú zhù fēi mǎ zhí
流如注，飞马直
bèn hán fú hán fú bō
奔韩福。韩福拨
mǎ xiǎng táo bèi guān yǔ yì
马想逃，被关羽一
dāo lián tóu dài jiān kǎn xià
刀连头带肩砍下
lái chōng guò le luò yáng
来，冲过了洛阳。
guān yǔ bāo hǎo jiàn shāng
关羽包好箭伤，
bù gǎn jiǔ liú lián yè qù
不敢久留，连夜去
wǎng sì shuǐ guān sì shuǐ guān shǒu
往汜水关。汜水关守

jiàng míng jiào biàn xǐ zhī dào bú shì guān yǔ duì shǒu jiù zài guān qián zhèn guó sì
将名叫卞喜，知道不是关羽对手，就在关前镇国寺
zhōng mái fú le liǎng bǎi dāo fǔ shǒu zì jǐ chū guān qù yíng jiē guān yǔ
中埋伏了两百刀斧手，自己出关去迎接关羽。

guān yǔ jiàn biàn xǐ lái yíng gēn tā jìn le sì shuǐ guān lái dào zhèn
关羽见卞喜来迎，跟他进了汜水关，来到镇
guó sì zhèn guó sì nèi yǒu gè sēng rén fǎ míng pǔ jìng yǔ guān yǔ tóng
国寺。镇国寺内有个僧人法名普净，与关羽同
xiāng duì guān yǔ wèn xùn shuō jiāng jūn hái rèn shi wǒ ma guān yǔ
乡，对关羽问讯，说：“将军还认识我吗？”关羽
shuō wǒ lí xiāng jiāng jìn èr shí nián jì bù qīng le pǔ jìng shuō wǒ
说：“我离乡将近二十年，记不清了。”普净说：“我

men liǎng jiā zhǐ gé yì tiáo hé biàn xǐ pà pǔ jìng xiè lòu mì mì jiù hē
们两家只隔一条河。”卞喜怕普净泄露秘密，就呵
chì pǔ jìng wǒ qǐng guān jiāng jūn lái fù yàn yào nǐ hé shang lái duō zuǐ
斥普净：“我请关将军来赴宴，要你和尚来多嘴？”
guān yǔ shuō wǒ men shì tóng xiāng zěn néng bú xù xù jiù qíng pǔ jìng
关羽说：“我们是同乡，怎能不叙叙旧情？”普净
qǐng guān yǔ dào fáng li hē chá zhǐ zhe shēn shang de jiè dāo xiàng guān yǔ shǐ
请关羽到房里喝茶，指着身上的戒刀，向关羽使
le gè yǎn sè guān yǔ xīn lǐng shén huì ràng shǒu xià rén shǒu bù lí dāo
了个眼色。关羽心领神会，让手下人手不离刀。
biàn xǐ qǐng guān yǔ dào fó táng rù xí guān yǔ yǐ kàn chū bì lián hòu miàn mái
卞喜请关羽到佛堂入席，关羽已看出壁帘后面埋
fú de dāo fǔ shǒu dà hè wǒ yǐ wéi nǐ shì hǎo rén jìng gǎn rú
伏的刀斧手，大喝：“我以为你是好人，竟敢如
cǐ biàn xǐ zhī yīn móu xiè lòu máng jiào zuǒ yòu xià shǒu biàn
此！”卞喜知阴谋泄露，忙叫：“左右下手！”卞
xǐ fēi chuí zhì chū guān yǔ yòng dāo bō kāi jǐn gǎn jǐ bù jiāng tā yì dāo
喜飞锤掷出，关羽用刀拨开，紧赶几步，将他一刀
pī sǐ huí guò shēn lái jiàn shì bīng wéi zhù liǎng wèi fū rén guān yǔ shā
劈死。回过身来，见士兵围住两位夫人，关羽杀
qù shì bīng xià de sì sàn táo mìng guān yǔ lái xiè pǔ jìng yào bú shì
去，士兵吓得四散逃命。关羽来谢普净：“要不是
shī fu shì jǐng pà yǐ zāo cǐ zéi de dú shǒu
师父示警，怕已遭此贼的毒手。”

pǔ jìng shuō wǒ yě nán zài zhè li róng
普净说：“我也难在这里容
shēn le hòu huì yǒu qī duō duō bǎo zhòng
身了，后会有期，多多保重。”

xíng yáng tài shǒu wáng zhí yǔ hán fú shì
荥阳太守王植与韩福是
ér nǚ qìng jiā tīng shuō guān yǔ shā le hán
儿女亲家，听说关羽杀了韩
fú biàn dìng jì yào àn hài guān yǔ guān
福，便定计要暗害关羽。关
yǔ lái dào guān qián wáng zhí bì gōng bì jìng
羽来到关前，王植毕恭毕敬，

笑脸相迎，把关羽与车仗送到馆驿。王植请他赴宴，暗中叫过随从胡班，命令他今晚带一千人，一人带一捆柴草，三更时放火烧馆驿。胡班就领人把柴堆在馆驿周围，见时间还早，就想偷偷看看大名鼎鼎的关羽是什么样子。

驿丞暗指关羽说：“正厅中看书的就是。”胡班悄悄来到厅前，见关羽右手拈着长髯，左肘支在桌上，正在灯下看书，不由暗叹：“真是天神！”

关羽问：“什么人？”胡班进厅拜下，说：“荥阳太守王植部下胡班。”

“你是胡华的儿子？”

“是的。”关羽命人取来书信，胡班看了，叹道：“险些误杀忠良。”就把王植的密谋告诉关羽。关羽忙提刀上马，护送车仗到城门，胡班开了

chéngmén fàng le guān yǔ yì xíng
城门，放了关羽一行

rén guān yǔ zǒu le bú
人。关羽走了不

dào jǐ lǐ wáng zhí shuài
到几里，王植率

rén mǎ zhuī lái pāi mǎ
人马追来，拍马

tǐng qiāng zhí qǔ guān yǔ
挺枪，直取关羽。

jié guǒ bèi guān yǔ lán yāo
结果被关羽拦腰

yì dāo kǎn wéi liǎng duàn
一刀，砍为两段。

guān yǔ cuī cù chē
关羽催促车

zhàng lái dào huá zhōu dù kǒu
仗来到滑州渡口。

qín qí lǐng jūn lán zhù le qù lù guān yǔ dà nù shuō nǐ méi tīng shuō
秦琪领军拦住了去路。关羽大怒，说："你没听说

wǒ yí lù shā le jǐ gè gǎn lán wǒ de rén ma qín qí shuō nǐ zhǐ
我一路杀了几个敢拦我的人吗？"秦琪说："你只

shā de le wú míng xiǎo jiàng gǎn shā wǒ ma guān yǔ shuō nǐ bǐ yán
杀得了无名小将，敢杀我吗？"关羽说："你比颜

liáng wén chǒu hái lì hai qín qí dà nù zòng mǎ wǔ dāo zhí qǔ guān
良、文丑还厉害？"秦琪大怒，纵马舞刀，直取关

yǔ guān yǔ yě zòng mǎ xiàng qián zhǐ yí gè huí hé shǒu qǐ dāo luò qín
羽。关羽也纵马向前，只一个回合，手起刀落，秦

qí rén tóu luò dì zhòng jūn shì jiàn guān yǔ rú cǐ shén yǒng fēn fēn táo
琪人头落地。众军士见关羽如此神勇，纷纷逃

sàn guān yǔ hè jiào shì bīng bú bì jīng huāng kuài bèi chuán sòng wǒ guò
散。关羽喝叫："士兵不必惊慌，快备船送我过

hé jūn shì chēng chuán kào àn guān yǔ hù chē zhàng shàng chuán zhè yàng
河。"军士撑船靠岸，关羽护车仗上船。这样，

guān yǔ yí lù shang guò le wǔ guān zhǎn le liù jiàng
关羽一路上过了五关，斩了六将。

战官渡曹操破袁绍

zhanguanducaocaopoyuanshao

xiǎo bà wáng sūn cè zài dān tú xī shān dǎ liè shí bèi xǔ gòng mén kè
小霸王孙策在丹徒西山打猎时，被许贡门客
de dú jiàn suǒ shāng bù jiǔ dú fā shēn wáng tā lín zhōng qián zhǔ tuō zhōu
的毒箭所伤，不久毒发身亡。他临终前嘱托周
yú jìn xīn fǔ zuǒ sūn quán cáo cāo dé zhī sūn cè de sǐ xùn hòu zòu
瑜，尽心辅佐孙权。曹操得知孙策的死讯后，奏
míng tiān zǐ fēng sūn quán wéi jiāng jūn jiān kuài jī tài shǒu
明天子，封孙权为将军，兼会稽太守。

yuán shào wén xùn dà nù diào jì qīng yōu bìng gè
袁绍闻讯大怒，调冀、青、幽、并各
zhōu rén mǎ qī shí yú wàn qián lái gōng dǎ xǔ chāng jié guǒ
州人马七十余万，前来攻打许昌。结果
cáo cāo lǐng bīng qī wàn yíng dí cáo bīng dà bài tuì dào guān dù
曹操领兵七万迎敌，曹兵大败，退到官渡。

cáo jūn shǒu le liǎng gè yuè jūn liáng kuài yào chī wán
曹军守了两个月，军粮快要吃完，
pài rén dào xǔ chāng cuī liáng shǐ zhě què bèi yuán jūn zhuō zhù
派人到许昌催粮。使者却被袁军捉住，

sòng jiāo móu shì xǔ yōu xǔ yōu céng shì
送交谋士许攸。许攸曾是
cáo cāo yòu shí de hǎo yǒu tā cóng shǐ zhě
曹操幼时的好友，他从使者
shēnshang sōu chū shū xìn jiàn yuán shào
身上搜出书信，见袁绍
shuō cáo cāo tún bīng guān
说：“曹操屯兵官
dù xǔ chāng bì rán kōng xū
渡，许昌必然空虚。
wǒ men kě fēn yì zhī rén mǎ
我们可分一支人马
tōu xí xǔ chāng xǔ chāng kě
偷袭许昌，许昌可
bá cáo cāo kě qín yuán
拔，曹操可擒。”袁
shào shuō cáo cāo duō guǐ
绍说：“曹操多诡
jì zhè shì tā de yòu dí zhī jì xǔ yōu shuō cuò guò zhè ge jī
计，这是他的诱敌之计。”许攸说：“错过这个机
huì wǒ men yào shòu tā de gōng jī le zhèngshuō zhe shěn pèi pài rén sòng
会，我们要受他的攻击了。”正说着，审配派人送
lái shū xìn shuō shì xǔ yōu de zǐ zhí bèi làn pài juān shuì tān wū féi jǐ
来书信，说是许攸的子侄辈滥派捐税，贪污肥己，
yǐ bǎ tā zǐ zhí bǔ huò xià yù yuán shào dà nù mà dào nǐ zhè tān
已把他子侄捕获下狱。袁绍大怒，骂道：“你这贪
de wú yàn de pǐ fū yǒu shén me liǎn jiàn wǒ nǐ gēn cáo cāo shì péng you
得无厌的匹夫，有什么脸见我？你跟曹操是朋友，
shòu le tā de huì lù shè jì lái hài wǒ jūn běn gāi zhǎn nǐ xiān liú
受了他的贿赂，设计来害我军。本该斩你，先留
xià nǐ de tóu gǔn chū qù bié zài jiàn wǒ xǔ yōu huí zhàng qì de
下你的头，滚出去，别再见我！”许攸回帐，气得
bá jiàn jiù mǒ bó zi suí cóng duó xià jiàn quàn shuō dào nǐ hé bì qīng
拔剑就抹脖子。随从夺下剑，劝说道：“你何必轻
shēng yuán shào bù tīng nǐ de huà bì dìng bèi cáo cāo jī bài nǐ jì rán
生？袁绍不听你的话，必定被曹操击败。你既然

gēn cáo cāo shì péng you wèi shén me bù tóu bèn tā xǔ yōu jiù shēn yè
跟曹操是朋友，为什么不投奔他？”许攸就深夜
táo chū tóu bèn cáo cāo
逃出，投奔曹操。

cáo cāo gāng shuì xià tīng shì bīng lái bào nán yáng xǔ yōu qiú jiàn
曹操刚睡下，听士兵来报：“南阳许攸求见。”
tā huāngmáng tiào xià chuáng chì zhe shuāng jiǎo yíng chū lái dà xiào zhe wǎn zhe xǔ
他慌忙跳下床，赤着双脚迎出来，大笑着挽着许
yōu de shǒu jìn zhàng xiān bài xià qù xǔ yōu mángshuō nǐ shì chéngxiàng
攸的手进帐，先拜下去。许攸忙说：“你是丞相，
wǒ shì píng mín zěn me bài wǒ cáo cāo shuō nǐ shì wǒ de lǎo péng
我是平民，怎么拜我？”曹操说：“你是我的老朋
you zěn gǎn fēn guì jiàn xǔ yōu shuō le yuán shào bú yòng tā de jì fǎn
友，怎敢分贵贱？”许攸说了袁绍不用他的计，反
yào shā tā suǒ yǐ tā lái tóu bèn cáo cāo shuō yuán shào rú guǒ yòng nǐ
要杀他，所以他来投奔。曹操说：“袁绍如果用你
de jì wǒ jiù wán le cáo cāo shuō nǐ yǒu shén me bàn fǎ jiù wǒ
的计，我就完了。”曹操说：“你有什么办法救我
ma xǔ yōu shuō yuán jūn liáng cǎo dōu tún
吗？”许攸说：“袁军粮草都屯
zài wū cháo shǒu jiàng chún yú qióng tān bēi guò dù
在乌巢，守将淳于琼贪杯过度。
nǐ kě xuǎn jīng bīng mào
你可选精兵，冒
chōng yuán jiàng jiǎng qí lǐng bīng
充袁将蒋奇领兵
hù liáng bǎ tā liáng cǎo
护粮，把他粮草
shāo le yuán jūn zì
烧了。袁军自
bài dì èr tiān cáo
败。”第二天，曹
cāo xuǎn mǎ bù jūn wǔ qiān
操选马步军五千，
zhǔn bèi wǎng wū cháo jié
准备往乌巢劫

liáng wèi fáng yuán jūn jié liáng jiù mìng sì miàn mái fú
粮。为防袁军劫粮，就命四面埋伏，
liú yí zuò kōng yíng tā qīn zì dài lǐng zhōng
留一座空营。他亲自带领中
jūn ràng zhāng liáo xǔ chǔ zài qián xú huǎng
军，让张辽、许褚在前，徐晃、
yú jìn zài hòu dǎ zhe yuán jūn qí
于禁在后，打着袁军旗
hào huáng hūn shí wǎng wū cháo jìn fā
号，黄昏时往乌巢进发。

dào le wū cháo sì gēng yǐ jīng
到了乌巢，四更已经
guò le cáo cāo jiù mìng jūn shì fàng
过了，曹操就命军士放
huǒ chún yú qióng hē zuì le gāng shuì
火。淳于琼喝醉了刚睡
xià bèi shā shēng jīng xǐng gāng zuò qǐ
下，被杀声惊醒，刚坐起
lái jǐ bǎ náo gōu jiù bǎ tā tuō fān huó zhuō le qù
来，几把挠钩就把他拖翻，活捉了去。

yuán shào jiàn wū cháo fāng xiàng qǐ huǒ máng zhào jí bù xià shāng yì zhāng
袁绍见乌巢方向起火，忙召集部下商议。张
hé yào yǔ gāo lǎn qù jiù guō tú què ràng qù jié cáo yíng zhāng hé rèn
郃要与高览去救。郭图却让去劫曹营。张郃认
wéi cáo yíng bì yǒu mái fú guō tú què rèn wéi cáo cāo zhǔ lì bì chū dòng
为曹营必有埋伏，郭图却认为曹操主力必出动，
yíng zhōng bú huì yǒu duō shǎo bīng lì yuán shào jiù tīng le guō tú de huà pài
营中不会有多少兵力。袁绍就听了郭图的话，派
zhāng hé gāo lǎn lǐng wǔ qiān bīng qù jié yíng pài jiǎng qí lǐng yí wàn bīng jiù
张郃、高览领五千兵去劫营，派蒋奇领一万兵救
wū cháo jiǎng qí zǒu dào bàn lù pèng dào cáo jūn huí shī bèi zhāng liáo yì
乌巢。蒋奇走到半路，碰到曹军回师，被张辽一
dāo shā sǐ quán jūn fù mò
刀杀死，全军覆没。

nà wǎn cáo cāo yī xǔ yōu de jì cè pài rén qù jié yuán yíng dà
那晚，曹操依许攸的计策，派人去劫袁营，大

获全胜。曹操又采用荀攸的计策，派人散布谣言："曹操正调动人马，一路取邺郡、黎阳，断袁军的退路。"袁绍听说，就派袁尚带领五万人马救邺郡，辛明领兵五万救黎阳。曹操见袁绍人马混乱，便兵分八路，冲杀过来。袁绍来不及披甲，只穿着衬衣，在长子袁谭的保护下，慌忙逃命，只带八百余人渡过黄河，丢失的东西不计其数。

袁军冲出重围，人马损失殆尽，袁熙、高干被射伤，袁绍父子抱头痛哭。正哭着，袁绍昏倒，众人急忙将其救醒。袁绍吐血不

zhǐ shuō zhè shì tiān sàng wǒ nǐ men gè
止，说：“这是天丧我。你们各
huí běn zhōu zhěng dùn rén mǎ shì yǔ cáo zéi
回本州，整顿人马，誓与曹贼
yì jué cí xióng
一决雌雄！”

jiàn ān bā nián zhēng yuè yuán shào
建安八年正月，袁绍
dà bìng chū yù hū bào cáo bīng yǐ
大病初愈。忽报曹兵已
dào guān dù yuán shào yào qīn shuài dà jūn
到官渡，袁绍要亲率大军
yíng zhàn yuán shàng ràng tā hǎo hāo xiū
迎战。袁尚让他好好休
yǎng yuàn dài bīng yíng dí yuán shào jiù
养，愿带兵迎敌。袁绍就
mìng rén diào yuán tán yuán xī gāo gān yǔ yuánshàng sì lù lián hé pò cáo
命人调袁谭、袁熙、高干与袁尚四路联合破曹。

zhāng liáo lǐng bīng shā lái zhǐ sān huí hé shā bài yuánshàng chéngshèng yǎn
张辽领兵杀来，只三回合杀败袁尚，乘胜掩
shā yuánshàng táo huí jì zhōu yuán shào yì jí jiù bìng fù fā kǒu tǔ
杀。袁尚逃回冀州。袁绍一急，旧病复发，口吐
xiān xuè hūn dǎo zài dì liú fū rén máng jiù xǐng tā tā yǐ bú huì shuō
鲜血，昏倒在地。刘夫人忙救醒他，他已不会说
huà máng qǐng shěn pèi féng jì dào bìng tà qián liú fū rén wèn kě lì
话，忙请审配、逢纪到病榻前。刘夫人问：“可立
yuánshàng wéi shì zǐ ma yuán shào diǎn diǎn tóu dà jiào yì shēng tǔ xuè
袁尚为世子吗？”袁绍点点头。大叫一声，吐血
ér sǐ
而死。

跃檀溪刘玄德脱险

yuetanxiliuxuandetuoxian

yì tiān liú biǎo zhèng yǔ liú bèi yǐn jiǔ hū bào xiáng jiàng zhāng wǔ
一天，刘表正与刘备饮酒，忽报降将张武、
chén sūn zài jiāng xià zào fǎn liú bèi qǐng zhàn liú biǎo gěi tā sān wàn rén
陈孙在江夏造反。刘备请战，刘表给他三万人
mǎ tā jiù dài shàng guān yǔ zhāng fēi zhào yún chū bīng jiāng xià chén sūn
马，他就带上关羽、张飞、赵云出兵江夏。陈孙、
zhāng wǔ chū zhèn liú bèi jiàn zhāng wǔ de mǎ hěn xióng zhuàng jiù shuō bì shì
张武出阵，刘备见张武的马很雄壮，就说：“必是
qiān lǐ mǎ zhào yún tǐng qiāng dòu zhāng wǔ zhǐ sān huí hé cì sǐ zhāng wǔ
千里马。”赵云挺枪斗张武，只三回合刺死张武，
qiǎng mǎ huí zhèn chén sūn gǎn lái zhāng fēi chū mǎ yì máo bǎ tā cì sǐ
抢马回阵。陈孙赶来，张飞出马，一矛把他刺死。

liú bèi zhāo ān yú dǎng shōu fù jiāng xià zhū
刘备招安余党，收复江夏诸
xiàn huí dào jīng zhōu liú biǎo shè yàn wèi
县，回到荆州。刘表设宴为
liú bèi hè gōng shuō chū yōu lǜ nán
刘备贺功，说出忧虑：南
pà bǎi yuè dōng pà sūn quán xī pà
怕百越，东怕孙权，西怕
zhāng lǔ liú bèi shuō kě ràng zhāng
张鲁。刘备说：“可让张
fēi nán xún guān yǔ xī jù zhào yún
飞南巡，关羽西拒，赵云
kě dǎng sūn quán shuí liào cài mào gào
可挡孙权。”谁料蔡瑁告
su cài fū rén shuō liú bèi pài sān
诉蔡夫人，说刘备派三

jiàng shǒu yào dì shì xiǎng duó jīng zhōu cài shì gěi liú
将守要地是想夺荆州，蔡氏给刘
biǎo yì guā zhěn tóu fēng liú biǎo jiù biàn le guà dì
表一刮枕头风，刘表就变了卦。第
èr tiān liú biǎo jiàn liú bèi de mǎ hǎo kuā le jǐ
二天，刘表见刘备的马好，夸了几
jù liú bèi jiù bǎ mǎ sòng gěi liú
句，刘备就把马送给刘
biǎo móu shì kuǎi yuè què shuō
表。谋士蒯越却说：
wǒ gē ge kuǎi liáng zuì huì xiàng
“我哥哥蒯良最会相
mǎ wǒ yě xué le xiē zhè
马，我也学了些。这
mǎ míng jiào dí lú zhuān
马名叫‘的庐’，专
hài zhǔ rén zhāng wǔ qí tā
害主人。张武骑它
ér sǐ zhǔ gōng bù kě qí
而死，主公不可骑。”
liú bèi zài cì lái liú biǎo jiù
刘备再次来，刘表就
yǐ liú bèi cháng chū zhēng wéi jiè kǒu bǎ mǎ huán gěi liú bèi suí hòu tā ràng
以刘备常出征为借口，把马还给刘备。随后，他让
liú bèi shuài guān yǔ zhāng fēi zhào yún zhù dào xīn yě xiàn qù
刘备率关羽、张飞、赵云驻到新野县去。

liú bèi zì cóng dào xīn yě bǎ xīn yě zhì lǐ de miàn mào yì xīn
刘备自从到新野，把新野治理得面貌一新。
jiàn ān shí èr nián chūn gān fū rén shēng liú chán yīn tā mèng tūn běi dǒu huái
建安十二年春，甘夫人生刘禅。因她梦吞北斗怀
yùn suǒ yǐ gěi hái zi qǐ rǔ míng ā dǒu cǐ shí cáo cāo zhèng lǐng bīng běi
孕，所以给孩子起乳名阿斗。此时曹操正领兵北
zhēng liú bèi dào jīng zhōu xiàng liú biǎo tí yì kě chèn cǐ jī huì zhí qǔ xǔ
征，刘备到荆州向刘表提议，可趁此机会直取许
chāng liú biǎo què duì néng zuò shǒu jīng zhōu jiù xīn mǎn yì zú bù xiǎng chū
昌。刘表却对能坐守荆州就心满意足，不想出

bīng cài fū rén ràng liú biǎo chèn jī chú diào liú bèi liú biǎo lián lián yáo
兵。蔡夫人让刘表趁机除掉刘备，刘表连连摇
tóu cài fū rén àn zhào cài mào ràng tā xiān shā liú bèi zài gào su liú
头。蔡夫人暗召蔡瑁，让他先杀刘备，再告诉刘
biǎo liú bèi zhèng xiǎng jiù qǐn yī jí cōng cōng gǎn lái shuō chū cài mào de
表。刘备正想就寝，伊籍匆匆赶来，说出蔡瑁的
yīn móu liú bèi xiè le yī jí jiào qǐ cóng rén bèi hǎo mǎ bú dài tiān
阴谋。刘备谢了伊籍，叫起从人，备好马，不待天
míng huāng máng táo huí xīn yě cài mào lǐng bīng lái dào shí liú bèi yǐ zǒu yuǎn
明，慌忙逃回新野。蔡瑁领兵来到时，刘备已走远。

liú bèi qiān mǎ chū le hòu mén fēi shēn shàng mǎ chōng chū xī mén
刘备牵马出了后门，飞身上马，冲出西门。
mén lì bào zhī cài mào tā máng shuài wǔ bǎi rén mǎ zhuī gǎn liú bèi méi zǒu
门吏报知蔡瑁，他忙率五百人马追赶。刘备没走
jǐ lǐ tán xī lán zhù qù lù xī shuǐ yǒu jǐ zhàng kuān bō tāo xiōng yǒng
几里，檀溪拦住去路。溪水有几丈宽，波涛汹涌，
wú chuán kě dù tā lēi zhuǎn mǎ què jiàn yuǎn chù zhuī bīng gǎn lái zhǐ hǎo
无船可渡。他勒转马，却见远处追兵赶来，只好

gǎn mǎ xià shuǐ méi zǒu jǐ bù mǎ tí xià xiàn
赶马下水。没走几步，马蹄下陷，
yī fu bèi shuǐ dǎ shī tā jí de dà jiào dí
衣服被水打湿。他急得大叫：“的
lú nǐ guǒ rán hài wǒ tū
卢，你果然害我！”突
rán dí lú fēi shēn yuè qǐ luò dào
然，的卢飞身跃起，落到
xī àn cài mào gǎn
西岸。蔡瑁赶
dào dōng àn tàn dào
到东岸，叹道：
shì shén me shén bāng zhù
“是什么神帮助
tā ne
他呢？”
liú bèi zǒu dào
刘备走到

tài yáng kuài yào luò shān jiàn yí gè mù tóng héng kuà niú bèi
太阳快要落山，见一个牧童横跨牛背，
chuī zhe duǎn dí zǒu lái mù tóng tíng xià niú kàn le tā
吹着短笛走来。牧童停下牛，看了他
piàn kè wèn jiāng jūn shì liú bèi ma
片刻，问："将军是刘备吗？"
liú bèi jīng wèn nǐ zěn zhī dào shì wǒ
刘备惊问："你怎知道是我？"
mù tóng shuō wǒ shī fu shí
牧童说："我师父时
cháng tí dào nǐ de xiàng mào
常提到你的相貌。"
liú bèi wèn nǐ shī fu shì
刘备问："你师父是
shuí mù tóng shuō wǒ shī
谁？"牧童说："我师
fu fù xìng sī mǎ míng huī
父复姓司马，名徽，
zì dé cāo dào hào shuǐ jìng xiān sheng yǔ páng dé gōng hé páng tǒng shì péng
字德操，道号水镜先生。与庞德公和庞统是朋
you páng tǒng shì páng dé gōng de zhí zi wǒ shī fu chēng páng tǒng wéi xiōng
友。庞统是庞德公的侄子，我师父称庞统为兄
dì nǐ lǐng wǒ jiàn nǐ shī fu tóng zǐ lǐng liú bèi lái dào zhuāng yuàn
弟。""你领我见你师父。"童子领刘备来到庄院，
jìn le zhōng mén tīng dào tán qín shēng jiù zhàn xià lái tīng qín shēng hū zhǐ
进了中门，听到弹琴声，就站下来听。琴声忽止，
yí gè rén xiào zhe chū lái shuō qín shēng hū rán gāo kàng bì yǒu yīng xióng
一个人笑着出来，说："琴声忽然高亢，必有英雄
tōu tīng liú bèi huāng máng shī lǐ shuǐ jìng shuō nǐ jīn tiān xìng miǎn dà
偷听。"刘备慌忙施礼，水镜说："你今天幸免大
nàn liú bèi gèng jiā jīng yà jiù shuō le mǎ yuè tán xī zhī shì liǎng rén
难。"刘备更加惊讶，就说了马跃檀溪之事。两人
zuò xià jiāo tán liú bèi zhí tàn mìng kǔ shuǐ jìng xiān sheng zé rèn wéi liú bèi
坐下交谈，刘备直叹命苦，水镜先生则认为刘备
wú rén fǔ zuǒ liú bèi rèn wéi tā wén yǒu sūn qián mí zhú jiǎn yōng wǔ
无人辅佐。刘备认为他文有孙乾、糜竺、简雍，武

yǒu guān yǔ zhāng fēi zhào yún zěn shì wú rén shuǐ jìng xiānshengshuō guān
有关羽、张飞、赵云，怎是无人？水镜先生说，关
yǔ zhāng fēi zhào yún shì wàn rén dí de shàngjiàng què wú rén wèi tā men shè
羽、张飞、赵云是万人敌的上将，却无人为他们设
jì sūn qián mí zhú jiǎn yōng shì bái miàn shū shēng méi yǒu zhì shì de cái
计。孙乾、糜竺、简雍是白面书生，没有治世的才
néng jiē zhe shuǐ jìng xiānshengshuō rú jīn tiān xià qí cái dōu zài xiāng
能。接着，水镜先生说：“如今天下奇才都在襄
yáng nǐ kě qīn zì qù qiú fú lóng fèng chú liǎng rén dé yī kě ān
阳，你可亲自去求。伏龙、凤雏，两人得一，可安
tiān xià liú bèi wèn tā men shì shén me rén shuǐ jìng xiānsheng zhǐ shuō
天下。”刘备问他们是什么人，水镜先生只说：
hǎo hǎo liú bèi zài wèn shuǐ jìng xiānsheng què ràng xiǎo tóng bǎi jiǔ fàn
“好，好！”刘备再问，水镜先生却让小童摆酒饭
xiāng dài fàn hòu ràng tā xiē zài cǎo táng
相待，饭后让他歇在草堂。

dào tiān míng tā wèn shuǐ jìng xiānsheng shuǐ jìng xiānsheng
到天明，他问水镜先生，水镜先生
zhǐ shuō hǎo hǎo liú bèi xiǎng qǐng shuǐ jìng xiānsheng chū
只说：“好，好！”刘备想请水镜先生出
shān shuǐ jìng xiānsheng bù kěn zhèngshuō zhe zhào yún lǐng bīng
山，水镜先生不肯。正说着，赵云领兵
xún lái qǐng liú bèi sù huí xīn yě pà yǒu
寻来，请刘备速回新野，怕有
rén lái gōngchéng liú bèi cí le shuǐ
人来攻城。刘备辞了水
jìng xiānsheng zǒu le yí huì
镜先生，走了一会
er guān yǔ yǔ zhāng fēi yě
儿，关羽与张飞也
jiē lái le
接来了。

刘玄德三请诸葛亮

liuxuandesanqingzhugeliang

刘备回县城的路上，见一个人唱着歌迎面走来。刘备怀疑这人是伏龙、凤雏，忙下马请那人到县衙。那人说：“我是颍上人，姓单名福。听说你招贤，就在街上唱歌，以打动你。”刘备拜他为军师，训练人马。

曹操常有吞并荆州之心，派曹仁等领兵三万驻樊城，隔汉江虎视襄阳。二吕得知刘备在新野招兵买马，向曹仁说愿带五千兵取刘备的人头。曹仁就给二人五千兵，杀奔新野。刘备闻报，跟单福商议，单福提议不能让敌兵入境，可分兵三路破敌，刘备依计，派关羽、张飞各率一支人马先走，

tā yǔ zhào yún lǐng yì zhī rén mǎ jū zhōng gāng zǒu shù lǐ yǔ èr lǚ xiāng
他与赵云领一支人马居中。刚走数里，与二吕相
yù lǚ kuàng chū mǎ zhào yún yíng zhàn bù jǐ huí hé jiù bǎ lǚ kuàng cì
遇。吕旷出马，赵云迎战，不几回合就把吕旷刺
sǐ lǚ xiáng lǐng jūn jiù táo guān yǔ jié zhù dà shā yí zhèn lǚ xiáng
死。吕翔领军就逃，关羽截住，大杀一阵。吕翔
duó lù zǒu tuō yòu yù zhāng fēi yì máo jiāng tā cì sǐ liú bèi huī bīng
夺路走脱，又遇张飞，一矛将他刺死。刘备挥兵
zhuī gǎn shēng qín dà bàn dí jūn huí xiàn hòu zhòng shǎng shàn fú kào shǎng sān jūn
追赶，生擒大半敌军，回县后重赏单福，犒赏三军。

cáo rén huí dào xǔ chāng xiàng cáo cāo kū bài qǐng zuì cáo cāo yuán liàng
曹仁回到许昌，向曹操哭拜请罪。曹操原谅
le tā wèn shéi wèi liú bèi shè jì cáo rén shuō shì shàn fú cáo cāo shuō
了他，问谁为刘备设计，曹仁说是单福。曹操说：
shàn fú shì shén me rén chéng yù shuō shàn fú yuán míng xú shù zì
“单福是什么人？”程昱说：“单福原名徐庶，字
yuán zhí tā de cái néng shèng wǒ shí bèi cáo cāo wèn zěn me néng bǎ
元直，他的才能胜我十倍。”曹操问：“怎么能把
tā nòng dào wǒ shǒu xià chéng yù shuō tā yòu nián sàng fù
他弄到我手下？”程昱说：“他幼年丧父，
zuì xiào jìng mǔ qīn chéng xiàng kě bǎ xú mǔ piàn lái ràng tā
最孝敬母亲。丞相可把徐母骗来，让她
xiě shū zhāo zǐ xú shù bì lái cáo
写书招子，徐庶必来。”曹
cāo pài rén piàn lái xú mǔ xú mǔ bù
操派人骗来徐母，徐母不
kěn xiě xìn gěi xú shù chéng yù jiù jīng
肯写信给徐庶，程昱就经
cháng qù wèn hòu xú mǔ měi huí qù dōu
常去问候徐母，每回去都
yào dài shàng lǐ wù hái yào xiě yì piān
要带上礼物，还要写一篇
shǒu qǐ xú mǔ yě xiě shǒu qǐ huí dá
手启，徐母也写手启回答。
chéng yù piàn dào xú mǔ de bǐ jì jiù
程昱骗到徐母的笔迹，就

mó fǎng zhe xiě shū xìn yì fēng pài rén sòng gěi xú shù
模仿着写书信一封，派人送给徐庶。
xú shù yí kàn mǔ qīn bèi cáo cāo kòu yā bù yóu
徐庶一看，母亲被曹操扣押，不由
xīn jí rú fén lèi rú quán yǒng xiàng liú bèi shuō chū
心急如焚，泪如泉涌，向刘备说出
shí qíng wèi jiù lǎo mǔ bù dé bù dào xǔ chāng qù
实情，为救老母，不得不到许昌去。

liú bèi mù sòng xú shù yuǎn qù tū rán xú shù yòu fēi
刘备目送徐庶远去，突然，徐庶又飞
mǎ huí lái shuō wǒ xīn luàn rú
马回来，说："我心乱如
má wàng le yí jiàn shì zhè
麻，忘了一件事。这
li yǒu yí wèi qí rén zhù zài
里有一位奇人，住在
xiāng yáng chéng wài èr shí lǐ de
襄阳城外二十里的
lóng zhōng nǐ ruò dé dào tā
隆中。你若得到他，
rú zhōu wén wáng dé dào jiāng zǐ
如周文王得到姜子
yá hàn gāo zǔ dé dào zhāng
牙、汉高祖得到张
liáng wǒ yǔ tā xiāng bǐ
良。我与他相比

jiù rú wū yā bǐ fèng huáng tā cháng zì bǐ guǎn zhòng yuè yì wǒ kàn tā
就如乌鸦比凤凰。他常自比管仲、乐毅，我看他
bǐ guǎn yuè de cái néng hái gāo tā shì láng yà rén fù xìng zhū gě míng
比管、乐的才能还高。他是琅玡人，复姓诸葛，名
liàng zì kǒng míng tā zhù de dì fang míng jiào wò lóng gāng jiù zì hào wò
亮，字孔明。他住的地方名叫卧龙冈，就自号'卧
lóng xiān sheng nǐ néng bǎ tā qǐng chū lái bù chóu tiān xià bù píng dìng le
龙先生'。你能把他请出来，不愁天下不平定了。"
liú bèi shuō shuǐ jìng xiān sheng céng shuō fú lóng fèng chú liǎng rén dé yī
刘备说："水镜先生曾说：'伏龙、凤雏，两人得一，可安天下。’是伏龙、凤雏吗？”徐庶说：“凤雏是庞统，伏龙正是诸葛亮。”

送走徐庶的第二天，刘备带关羽、张飞来到隆中，打听到孔明的住处，来到卧龙冈，下马叩门。童子开门问：“是谁？”刘备说：“刘备特来拜见先生。”童子说：“先生出门去了，不知往何处去，也不知几时回来。”刘备惆怅不已，只有回新野，择日再来。

过了几天，刘备冒着大雪又一次来到卧龙冈，不料诸葛亮又不在。刘备借来文房四宝，留下一封书信，就告辞回去了。

冬去春来，刘备命人

bǔ le jí qī zhāi jiè sān tiān xiāng tāng mù
卜了吉期，斋戒三天，香汤沐
yù huàn le xīn yī dì sān cì qù qǐng zhū gě
浴，换了新衣，第三次去请诸葛
liàng sān rén lí cǎo lú hái yǒu bàn lǐ
亮。三人离草庐还有半里，
liú bèi jiù xià mǎ bù xíng liú bèi wèn
刘备就下马步行。刘备问
míng zhū gě liàng zuó wǎn cái huí lái
明诸葛亮昨晚才回来，
jiù lái dào zhuāng mén ràng xiǎo tóng tōng
就来到庄门，让小童通
bào xiǎo tóng shuō xiān sheng hái
报。小童说："先生还
méi xǐng liú bèi ràng guān yǔ zhāng
没醒。"刘备让关羽、张
fēi děng zài mén wài zì jǐ lái dào
飞等在门外，自己来到
cǎo táng gōng jìng de děng hòu děng le bàn shǎng zhū gě liàng cái xǐng lái
草堂，恭敬地等候。等了半晌诸葛亮才醒来。

liú bèi jiàn tā shēn gāo bā chǐ tóu dài guān jīn shēn pī hè chǎng piāo
刘备见他身高八尺，头戴纶巾，身披鹤氅，飘
rán yǒu xiān fēng dào gǔ liú bèi bài xià lái qīng sù le tā de yōu guó yōu
然有仙风道骨。刘备拜下来，倾诉了他的忧国忧
mín zhī sī qǐng zhū gě liàng chū shān zhù tā píng dìng tiān xià zhū gě liàng
民之思，请诸葛亮出山，助他平定天下。诸葛亮
jié lì tuī cí zì chēng nián yòu cái shū pà wù le dà shì liú bèi chéng
竭力推辞，自称年幼才疏，怕误了大事。刘备诚
xīn xiāng qǐng zhōng yú gǎn dòng le tā tā ràng xiǎo tóng qǔ yì fú dì tú
心相请，终于感动了他。他让小童取一幅地图，
guà qǐ lái zhǐ diǎn zhe shuō zhè shì xī chuān wǔ shí sì zhōu de dì tú
挂起来，指点着说："这是西川五十四州的地图。
jiāng jūn xiǎng chéng bà yè běi ràng cáo cāo zhàn tiān shí nán ràng sūn quán zhàn dì
将军想成霸业，北让曹操占天时，南让孙权占地
lì jiāng jūn kě zhàn rén hé xiān qǔ jīng zhōu wéi jiā zài qǔ xī chuān jiàn
利，将军可占人和。先取荆州为家，再取西川建

jī yè yǔ cáo cāo sūn quán chéng dǐng zú zhī
基业，与曹操、孙权成鼎足之
shì rán hòu kě tú zhōng yuán liú bèi shuō
势，然后可图中原。”刘备说：
xiān sheng zhī yán shǐ liú bèi rú bō yún jiàn
“先生之言，使刘备如拨云见
qīng tiān dàn jīng zhōu liú
青天。但荆州刘
biǎo yì zhōu liú zhāng dōu shì
表、益州刘璋，都是
hàn shì zōng qīn wǒ zěn rěn
汉室宗亲，我怎忍
xīn duó tā men de dì pán
心夺他们的地盘？”
zhū gě liàng shuō liú biǎo yǐ
诸葛亮说：“刘表已
huó bù cháng le liú zhāng yě
活不长了，刘璋也
bú shì lì yè zhī zhǔ xī
不是立业之主，西
chuān bì guī jiāng jūn zhè jiù shì
川必归将军。”这就是
zhū gě liàng wèi chū máo lú yǐ zhī sān fēn tiān xià
诸葛亮未出茅庐，已知三分天下。

liú bèi zài cì kěn qiú zhū gě liàng chū shān xiāng zhù zhū gě liàng shuō
刘备再次恳求诸葛亮出山相助。诸葛亮说：
wǒ lè yú gēng zhòng lǎn yú yìng shì bù néng fèng mìng liú bèi shuō xiān
“我乐于耕种，懒于应世，不能奉命。”刘备说：“先
sheng nán dào bù kě lián tiān xià bǎi xìng ma shuō zhe lèi shī páo xiù
生难道不可怜天下百姓吗？”说着，泪湿袍袖。
zhū gě liàng shēn shòu gǎn dòng shuō yuàn xiào quǎn mǎ zhī láo
诸葛亮深受感动，说：“愿效犬马之劳。”

sì rén huí dào xīn yě liú bèi bǎ zhū gě liàng dāng lǎo shī duì dài
四人回到新野，刘备把诸葛亮当老师对待，
chī fàn zài yì zhāng zhuō zi shuì jiào zài yì zhāng chuáng
吃饭在一张桌子，睡觉在一张床。

诸葛亮火烧博望坡

zhugelianghuoshaobowangpo

cáo cāo chè le cháozhōng de sān gōng zì yǐ chéngxiàng jiān rèn zhè
曹操撤了朝中的三公，自以丞相兼任。这
tiān xià hóu dūn shuō liú bèi zài xīn yě zhāo bīng mǎi mǎ bì wéi dà huàn
天，夏侯惇说：“刘备在新野招兵买马，必为大患，
yīng jìn kuài xiāo miè tā cáo cāo jiù mìng xià hóu dūn wéi dū du lǐng bīng shí
应尽快消灭他。”曹操就命夏侯惇为都督，领兵十
wàn zhí bī xīn yě xún yù dīng zhǔ xià hóu dūn zhū gě liàng fēi děng xián
万，直逼新野。荀彧叮嘱夏侯惇，诸葛亮非等闲
zhī bèi bù kě qīng dí xià hóu dūn què bù yǐ wéi rán cáo cāo wèn
之辈，不可轻敌，夏侯惇却不以为然。曹操问：
zhū gě liàng shì shén me rén xú shù shuō zhū gě liàng dào hào wò lóng
“诸葛亮是什么人？”徐庶说：“诸葛亮道号卧龙
xiānsheng yǒu jīng tiān wěi dì zhī cái chū shén rù huà zhī jì
先生，有经天纬地之才、出神入化之计，
shì dāng shì de qí cái cáo cāo wèn bǐ nǐ
是当世的奇才。”曹操问：“比你
zěn yàng xú shù shuō wǒ shì yíng huǒ chóng
怎样？”徐庶说：“我是萤火虫，
tā shì yì lún míng yuè wǒ wú fǎ gēn tā bǐ
他是一轮明月，我无法跟他比。”
xià hóu dūn què yáng yán dìng bǎ liú bèi zhū
夏侯惇却扬言定把刘备、诸
gě liàng de rén tóu xiàn gěi cáo cāo
葛亮的人头献给曹操。

zhè tiān tàn zi bào xià hóu dūn dài
这天，探子报夏侯惇带
lǐng shí wàn dà jūn shā lái zhū gě liàng
领十万大军杀来。诸葛亮

聚集众将，下达命令："博望左面有座豫山，山后有座安林，关羽可领兵一千，去豫山埋伏，张飞可领兵一千，去安林埋伏。见到南面火起，就杀出来。关平、刘封带人，在坡后埋伏，初更曹兵来到，就可放火。从樊城调回赵云打先锋，只许败不许胜，把曹兵引进博望坡。主公带领一千军为后援。"关羽问："你干什么？"诸葛亮说："我守县衙。"张飞说："我们去打仗，你好自在。"诸葛亮说："剑印在此，不听命令者斩！"刘备劝下二人，二人仍不服气，说是他的计要不灵，回来再羞辱他。诸葛亮就让孙乾、简雍安排庆功宴，准备功劳簿。连刘备也有些疑惑。夏侯惇与于禁等领兵到博望坡，一

bàn bīng wéi qián duì qí yú
半兵为前队，其余
zài hòu hù sòng liáng cǎo rén
在后护送粮草。人
mǎ zhèng zǒu shí zhǐ jiàn qián
马正走时，只见前
miàn chén tǔ fēi yáng zhào
面尘土飞扬，赵
yún lán lù wèn xiàng dǎo
云拦路，问向导：
zhè shì shén me dì
“这是什么地
fang xiàng dǎo shuō
方？”向导说：
qián miàn shì bó wàng pō
“前面是博望坡，
hòu miàn shì luó kǒu chuān
后面是罗口川。”

xià hóu dūn chū mǎ yíng dí fàng shēng dà xiào shuō xú
夏侯惇出马迎敌，放声大笑，说：“徐
shù shuō zhū gě liàng yòng bīng rú shén jiù pài chū zhè yàng de rén mǎ zhēn shì
庶说诸葛亮用兵如神，就派出这样的人马，真是
qū yáng dòu hǔ zhào yún lái dào yǔ xià hóu dūn zhàn bù jǐ huí hé niǔ
驱羊斗虎。”赵云来到，与夏侯惇战不几回合，扭
tóu jiù zǒu méi zǒu shí jǐ lǐ huí tóu yòu zhàn hán hào shuō zhào yún
头就走，没走十几里，回头又战。韩浩说：“赵云
yòu dí bì yǒu mái fú xià hóu dūn bù tīng réng wǎng qián gǎn dào le
诱敌，必有埋伏。”夏侯惇不听，仍往前赶。到了
bó wàng pō yì shēng pào xiǎng liú bèi yíng tóu shā chū xià hóu dūn duì hán
博望坡，一声炮响，刘备迎头杀出，夏侯惇对韩
hào shuō zhè jiù shì fú bīng jīn wǎn wǒ bú dào xīn yě jué bù shōu
浩说：“这就是伏兵？今晚我不到新野，绝不收
bīng jiù cuī jūn shàng qián liú bèi zhào yún niǔ tóu jiù zǒu tiān sè
兵！”就催军上前，刘备、赵云扭头就走。天色
yǐ wǎn nóng yún mì bù yú jìn lǐ diǎn lái dào zhǎi lù shang jiàn liǎng biān
已晚，浓云密布，于禁、李典来到窄路上，见两边

dōu shì lú wěi máng jiào qián duì kuài huàn zhù dū du fáng zhǐ dí jūn huǒ
都是芦苇，忙叫前队：“快唤住都督，防止敌军火
gōng xià hóu dūn zhǐ gù wǎng qián gǎn gēn běn bù tīng yú jìn fēi mǎ
攻。”夏侯惇只顾往前赶，根本不听。于禁飞马
gǎn qù shuō chū dān xīn xià hóu dūn cái měng rán xǐng wù zài xiǎng huí jūn
赶去，说出担心，夏侯惇才猛然醒悟，再想回军，
zhǐ jiàn sì xià huǒ qǐ jūn bīng bù zhàn zì luàn zhēng xiāng táo mìng zhāng fēi
只见四下火起，军兵不战自乱，争相逃命。张飞、
guān yǔ xiān hòu shā chū zhāng fēi yì qiāng cì sǐ xià hóu lán cáo bīng sǐ shāng
关羽先后杀出，张飞一枪刺死夏侯兰，曹兵死伤
wú shù dà bài ér táo xià hóu dūn zhǐ hǎo shōu shi cán
无数，大败而逃。夏侯惇只好收拾残
bīng fǎn huí xǔ chāng
兵，返回许昌。

guān yǔ zhāng fēi jiàn le miàn dōu shuō
关羽、张飞见了面，都说：
zhū gě liàng zhēn shì shén rén méi
“诸葛亮真是神人。”没
zǒu duō yuǎn jiàn mí zhú mí
走多远，见糜竺、糜
lán yǐn jūn yōng
兰引军拥
yí liàng xiǎo
一辆小

chē chē shàng zhèng zuò zhe zhū gě liàng èr rén xià
车，车上正坐着诸葛亮。二人下
mǎ bài zài chē qián bù duō shí liú bèi zhào
马，拜在车前。不多时，刘备、赵
yún liú fēng guān píng dōu huí lái le zhū gě liàng
云、刘封、关平都回来了。诸葛亮
jiù bǎ zhàn lì pǐn shǎng gěi jiàng shì shōu bīng huí chéng
就把战利品赏给将士，收兵回城。
xīn yě bǎi xìng guì zài lù liǎng biān qí
新野百姓跪在路两边，齐
shēng chēng zàn zhū gě liàng bǎo hù le tā
声称赞诸葛亮保护了他
men huí dào xiàn yá zhū gě liàng
们。回到县衙，诸葛亮
shuō xià hóu dūn bài zǒu cáo cāo
说：“夏侯惇败走，曹操
bì dìng qīn zì lái liú bèi máng wèn zěn me bàn zhū gě liàng shuō
必定亲自来。”刘备忙问：“怎么办？”诸葛亮说：
wǒ zì yǒu bàn fǎ liú bèi wèn hé fǎ zhū gě liàng shuō xīn yě tài
“我自有办法。”刘备问何法，诸葛亮说：“新野太
xiǎo bù kě jiǔ shǒu liú biǎo bìng wēi zhǔ gōng kě chèn jī qǔ jīng zhōu jiù
小，不可久守，刘表病危，主公可趁机取荆州，就
kě jī pò cáo cāo le liú bèi shuō shén me yě bú yuàn qǔ jīng zhōu zhū gě
可击破曹操了。”刘备说什么也不愿取荆州，诸葛
liàng zhǐ hǎo shuō zài màn màn shāng yì ba
亮只好说：“再慢慢商议吧。”

xià hóu dūn jiāng zì jǐ kǔn bǎng le qù jiàn cáo cāo shuō shì zhòng le zhū
夏侯惇将自己捆绑了去见曹操，说是中了诸
gě liàng huǒ gōng zhī jì cáo cāo shè miǎn le tā zé bèi tā bù gāi bù fáng
葛亮火攻之计。曹操赦免了他，责备他不该不防
huǒ gōng zhòng shǎng le yú jìn lǐ diǎn cáo cāo jué dìng fā dà jūn sǎo píng
火攻，重赏了于禁、李典。曹操决定发大军扫平
liú bèi xiāo miè liú biǎo chéng jī gōng qǔ jiāng dōng
刘备，消灭刘表，乘机攻取江东。

赵子龙威震长坂坡
zhaozilongweizhenchangbanpo

liú bèi dài lǐng bǎi xìng wǎng jiāng líng jìn fā shí duō wàn bǎi xìng dà
刘备带领百姓往江陵进发，十多万百姓，大
xiǎo chē shù qiān liàng yì tiān zǒu le shàng shí lái lǐ tàn mǎ lái bào cáo
小车数千辆，一天走了上十来里。探马来报：“曹
bīng yǐ qǔ fán chéng zhèngshōu shi chuán zhī jí rì dù jiāng zhòngjiàng quàn liú
兵已取樊城，正收拾船只即日渡江。”众将劝刘
bèi bú gù bǎi xìng xiān bēn jiāng líng liú bèi bù rěn xīn réng ràng bǎi xìng
备不顾百姓，先奔江陵。刘备不忍心，仍让百姓
gēn suí zhū gě liàng shuō zhuī bīng hěn
跟随。诸葛亮说：“追兵很
kuài jiù dào kě ràng guān yǔ qù jiāng xià
快就到，可让关羽去江夏，
ràng liú qí pài shuǐ jūn sù qù jiāng líng
让刘琦派水军速去江陵。”
liú bèi jiù ràng guān yǔ yǔ sūn qián
刘备就让关羽与孙乾
qù jiāng xià qiú jiù mìng zhāng fēi
去江夏求救，命张飞
duàn hòu zhào yún bǎo hù tā qī xiǎo
断后，赵云保护他妻小。
liú bèi bú jiàn
刘备不见
guān yǔ huí yīn yòu
关羽回音，又
pài zhū gě liàng qù jiàn
派诸葛亮去见
liú qí ràng liú fēng
刘琦，让刘封

lǐng wǔ bǎi shì bīng hù sòng
领五百士兵护送。

zhào yún zài cáo jūn zhōng wǎng lái chōng tū shā
赵云在曹军中往来冲突，杀

dào tiān míng zhǎo bú dào liú bèi yòu shī
到天明，找不到刘备，又失

qù le liú bèi de qī xiǎo xún si
去了刘备的妻小，寻思

méi liǎn qù jiàn liú bèi dìng yào
没脸去见刘备，定要

xún dào zhǔ mǔ yǔ xiǎo zhǔ rén
寻到主母与小主人。

kàn kàn shǒu xià zhǐ shèng sān sì
看看手下，只剩三四

shí qí jiù zài luàn jūn zhōng sōu
十骑，就在乱军中搜

xún zhèng zǒu zhe jiàn jiǎn yōng
寻。正走着，见简雍

fù shāng wò zài cǎo cóng zhōng zhào yún wèn jiàn dào liǎng wèi zhǔ mǔ ma
负伤卧在草丛中，赵云问：“见到两位主母吗？”

jiǎn yōng shuō èr wèi zhǔ mǔ bào zhe ā dǒu zǒu le zhào yún ràng yí gè
简雍说：“二位主母抱着阿斗走了。”赵云让一个

bīng ràng chū mǎ lái bǎ jiǎn yōng fú shàng mǎ pài èr rén hù sòng tā jiù zhí
兵让出马来，把简雍扶上马，派二人护送他，就直

bèn cháng bǎn pō lù shang yòu yǒu yí shòu shāng de xiǎo zú shuō jiàn gān fū rén
奔长坂坡。路上，又有一受伤的小卒说见甘夫人

péng tóu chì zú suí yì huǒ bǎi xìng wǎng nán qù le zhào yún gǎn shàng qù
蓬头赤足，随一伙百姓往南去了。赵云赶上去，

zhǎo dào gān fū rén gān fū rén yǔ mí fū rén bèi dí jūn chōng sàn yě bù
找到甘夫人，甘夫人与糜夫人被敌军冲散，也不

zhī mí fū rén hé ā dǒu de xià luò zhè shí yì zhī dí jūn chōng lái
知糜夫人和阿斗的下落。这时，一支敌军冲来，

zhào yún jiàn mí zhú bèi chún yú dǎo bǎng zài mǎ shang yào xiè qù qǐng gōng dà
赵云见糜竺被淳于导绑在马上，要解去请功，大

hè yì shēng zòng mǎ tǐng qiāng yì qiāng cì sǐ dí jiàng shā sàn dí jūn duó
喝一声，纵马挺枪，一枪刺死敌将，杀散敌军，夺

lái liǎng pǐ mǎ qǐng gān fū rén shàng mǎ hù sòng tā hé mí zhú lái dào cháng
来两匹马，请甘夫人上马，护送她和糜竺来到长
bǎn qiáo zhào yún ràng mí zhú bǎo gān fū rén guò hé jiàn liú bèi huàn mǎ zài
坂桥。赵云让糜竺保甘夫人过河见刘备，换马再
cì chōng rù dí zhèn
次冲入敌阵。

zhào yún dōng chōng xī tū féng rén jiù dǎ ting mí fū rén de xià luò
赵云东冲西突，逢人就打听糜夫人的下落。
yí gè bǎi xìng shuō mí fū rén zuò zài nà biān duàn qiáng hòu miàn zhào yún
一个百姓说：“糜夫人坐在那边断墙后面。”赵云
xún qù jiàn mí fū rén shāng le tuǐ zhèng zuò zài qiáng hòu jǐng biān kū jiù ràng
寻去，见糜夫人伤了腿，正坐在墙后井边哭，就让
mí fū rén shàng mǎ tā yào bù zhàn bǎo fū rén tū wéi mí fū rén shuō
糜夫人上马，他要步战保夫人突围。糜夫人说：
jiàn dào jiāng jūn ā dǒu yǒu jiù le kě lián liú bèi piāo líng bàn shì zhǐ
“见到将军，阿斗有救了，可怜刘备飘零半世，只
yǒu zhè diǎn gǔ xuè jiāng jūn bǎo tā chū qù ràng tā men fù zǐ xiāng jiàn wǒ
有这点骨血，将军保他出去，让他们父子相见，我
suī sǐ wú hèn zhào yún yí zài qǐng tā shàng mǎ kuài zǒu tā shuō
虽死无恨。”赵云一再请她上马快走，她说：
jiāng jūn zěn néng méi mǎ cǐ zǐ quán kào jiāng jūn bǎo hù
“将军怎能没马？此子全靠将军保护，
bié ràng wǒ lián lèi nǐ zhào yún sān fān wǔ cì qǐng tā shàng
别让我连累你。”赵云三番五次请她上
mǎ zhǐ tīng sì miàn shā shēng
马，只听四面杀声
dà zuò mí fū rén bǎ ā
大作，糜夫人把阿
dǒu yì rēng tiào rù jǐng
斗一扔，跳入井
zhōng zhào yún pà cáo bīng
中。赵云怕曹兵
dào shī tuī dǎo tǔ qiáng
盗尸，推倒土墙
gài zhù jǐng jiě kāi lēi
盖住井，解开勒

甲条，放下护心镜，把阿斗缚在怀里，提枪上马，正遇晏明，一枪将其刺死，杀散众军，冲开一条血路。正要走，碰见张郃，二人斗了十多回合，赵云不敢恋战，拨马就走，不料连人带马栽进陷马坑。张郃挺枪来杀赵云，忽然一道红光，那马竟跃出土坑。张郃大惊，转身就走。赵云往前冲去，后有马延、张郃追击，前有焦触、张南拦路。赵云一手舞枪，一手拔出青釭剑，力战四将，毫无惧色。杀得曹兵血肉横飞，冲出重围。

cáo cāo zài jǐng shān dǐngshang dū zhàn jiàn yí měngjiàng wēi bù kě dǎng
曹操在景山顶上督战，见一猛将威不可挡，
wèn zuǒ yòu shì shuí cáo hóng fēi mǎ qù wèn jūn zhōngzhàn jiàng kě liú xìng
问左右是谁，曹洪飞马去问：“军中战将可留姓
míng zhào yún gāo jiào wǒ shì chángshān zhào zǐ lóng cáo cāo shuō zhēn
名。”赵云高叫：“我是常山赵子龙！”曹操说：“真
shì hǔ jiàng wǒ yào huó zhuō tā jiù mìng fēi mǎ chuán lìng zhǐ xǔ zhuō huó
是虎将，我要活捉他。”就命飞马传令，只许捉活
de bù xǔ fàng àn jiàn zhè yì lái dào jiù le zhào yún tā huái chuāi hòu
的，不许放暗箭。这一来倒救了赵云，他怀揣后
zhǔ shā tòu chóng wéi kǎn dǎo liǎng miàn dà qí duó shuò sān tiáo shā sǐ cáo
主，杀透重围，砍倒两面大旗，夺槊三条，杀死曹
yíng míng jiàng wǔ shí yú yuán hū rán yòu shā lái liǎng zhī dí jūn shì zhōng
营名将五十余员。忽然又杀来两支敌军，是钟
jìn zhōngshēn xiōng dì zhào yún yì qiāng cì sǐ zhōng jìn duó lù jiù zǒu
缙、钟绅兄弟。赵云一枪刺死钟缙，夺路就走。
zhōngshēn jǐn zhuīshàng lái yòng jǐ cì qù zhào yún zhuǎnshēn yí jiàn kǎn sǐ
钟绅紧追上来，用戟刺去，赵云转身一剑，砍死
zhōngshēn hòu miàn wén pìn yòu shuài jūn shā lái zhào yún lái dào cháng bǎn qiáo
钟绅。后面文聘又率军杀来。赵云来到长坂桥，

yǐ rén kùn mǎ fá dà jiào
已人困马乏，大叫：
yì dé jiù wǒ zhāng
“翼德救我！”张
fēi shuō nǐ kuài guò qiáo wǒ dǎng
飞说：“你快过桥，我挡
zhuī bīng zhào yún guò le qiáo
追兵！”赵云过了桥，
gǎn le èr shí duō lǐ jiàn liú bèi
赶了二十多里，见刘备
yǔ zhòng rén zài shù xià xiē xī xià
与众人在树下歇息，下
mǎ kū bài shuō chū mí fū rén tóu
马哭拜，说出糜夫人投
jǐng ér sǐ tā bǎo xiǎo zhǔ rén sǐ
井而死，他保小主人死

mìng shā chū chóng wéi de jīng guò zhào yún jiě xià ā dǒu jiàn tā zhèng zài shú
命杀出重围的经过。赵云解下阿斗，见他正在熟
shuì jiù shuō xìng xǐ gōng zǐ méi shì liú bèi jiē guò ā dǒu rēng zài
睡，就说：“幸喜公子没事。”刘备接过阿斗，扔在
dì shang mà dào wèi nǐ zhè xiǎo zi jī hū sǔn wǒ yì yuán dà jiàng
地上，骂道：“为你这小子，几乎损我一员大将！”
zhào yún máng bào qǐ ā dǒu kū zhe shuō zhào yún suī gān nǎo tú dì yě
赵云忙抱起阿斗，哭着说：“赵云虽肝脑涂地，也
bào bù liǎo zhǔ gōng de dà ēn
报不了主公的大恩。”

wén pìn zhuī dào cháng bǎn qiáo jiàn zhāng fēi tǐng máo lì mǎ zài qiáo shang
文聘追到长坂桥，见张飞挺矛立马在桥上，
yòu jiàn qiáo dōng shù lín zhōng chén tǔ fēi yáng bù gǎn qián jìn cáo cāo dé zhī
又见桥东树林中尘土飞扬，不敢前进。曹操得知，
máng gǎn lái kàn zhāng fēi jiàn cáo cāo lái dào lì shēng dà hè shéi gǎn gēn
忙赶来看。张飞见曹操来到，厉声大喝：“谁敢跟
wǒ jué yī sǐ zhàn cáo jūn tīng le dōu xià de fā dǒu zhāng fēi yòu shì
我决一死战？”曹军听了，都吓得发抖。张飞又是
yì shēng jù hǒu cáo bīng bù yóu dé yí dòng jiǎo bù zhāng fēi zài cì dà hè
一声巨吼，曹兵不由得移动脚步。张飞再次大喝：
zhàn yòu bú zhàn tuì yòu bú tuì xiǎng gàn
“战又不战，退又不退，想干
shén me hǎn shēng wèi luò bǎ cáo
什么？”喊声未落，把曹
cāo shēn biān de xià hóu jié xià pò kǔ
操身边的夏侯杰吓破苦
dǎn zāi xià mǎ sǐ le cáo cāo
胆，栽下马死了。曹操
huí mǎ jiù zǒu zhòng jiàng
回马就走，众将
shuài jūn yì wō fēng bān wǎng
率军一窝蜂般往
xī táo qù zì xiāng jiàn
西逃去，自相践
tà sǐ shāng wú shù
踏，死伤无数。

赴东吴孔明斗群儒

fudongwukongmingdouqunru

曹操带兵连夜赶赴江陵。荆州治中邓义、别驾刘先已知道襄阳的事，就引荆州军民出城投降。曹操对众将说："如果刘备联合东吴，就不好办了。"荀攸提议，可派人传檄文给孙权，请他到江夏会猎，共擒刘备，分荆州之地，孙权必会投降。曹操就一面派使者往东吴，一面发兵水陆并进，实有八十三万人马，诈称一百万，连营三百余里。

孙权屯兵柴桑郡，听说曹操兵到襄阳，刘琮投降，又去取江陵，就与众谋士商议如何防守。鲁肃说："荆州与我东吴接壤，江山险固，士民富庶，若到我们手中，就可称帝了。

wǒ dào jiāng xià jiè gěi liú biǎo diào xiào wéi míng yì shuì fú liú bèi
我到江夏借给刘表吊孝为名义，说服刘备
hé wèi xiáng de liú biǎo jiàng lǐng gòng pò cáo cāo liú bèi ruò tīng
和未降的刘表将领，共破曹操。刘备若听
zán men de huà dà shì jiù chénggōng le sūn quán jiù pài tā
咱们的话，大事就成功了。”孙权就派他
dài shàng lǐ wù dào jiāng xià diào sāng liú
带上礼物到江夏吊丧。刘
bèi yǔ zhū gě liàng liú qí shāng
备与诸葛亮、刘琦商
yì dǐ yù de fāng fǎ zhū gě
议抵御的方法，诸葛
liàng shuō wǒ men yīng lián hé
亮说：“我们应联合
sūn quán shǐ tā hé cáo cāo xiāng
孙权，使他和曹操相
chí cóngzhōng qǔ lì liú bèi
持，从中取利。”刘备
shuō jiāngdōng rén wù zhòng duō
说：“江东人物众多，
zěn néng tīng wǒ men de zhū gě liàng shuō cáo cāo hǔ shì jiāng hàn jiāng
怎能听我们的？”诸葛亮说：“曹操虎视江汉，江
dōng dìng yào pài rén lái tàn tīng xū shí wǒ jiù chèn cǐ dào jiāng dōng píng sān
东定要派人来探听虚实。我就趁此到江东，凭三
cùn bú làn zhī shé ràng nán běi hù xiāng tūn bìng ruò nán jūn shèng jiù gòng
寸不烂之舌，让南北互相吞并。若南军胜，就共
zhū cáo cāo qǔ jīng zhōu ruò běi jūn shèng wǒ men jiù qǔ jiāng nán
诛曹操取荆州；若北军胜，我们就取江南。”

zhèngshuō zhe rén bào lǔ sù qián lái diào sāng zhū gě liàng shuō lǔ
正说着，人报鲁肃前来吊丧。诸葛亮说：“鲁
sù bú wèi diào sāng shì lái tàn tīng jūn qíng zhǔ gōng zhǐ tuī bù zhī kě
肃不为吊丧，是来探听军情。主公只推不知，可
wèn zhū gě liàng liú bèi jiù lái le gè yí wèn sān bù zhī jiù shuō zhǐ yǒu
问诸葛亮。”刘备就来了个一问三不知，就说只有
zhū gě liàng zhī dào lǔ sù jiù yào jiàn zhū gě liàng lǔ sù yǔ zhū gě liàng
诸葛亮知道，鲁肃就要见诸葛亮。鲁肃与诸葛亮

行了礼，问起大势安危。诸葛亮说："我已尽知曹操的奸计，只是皇叔力不能及，只好先避开。"鲁肃说："孙将军虎踞六郡，兵精粮足，又礼贤敬士。我为刘备打算，不如派心腹联合东吴，共图大事。"鲁肃一再请求刘备让他带诸葛亮去见孙将军商议大事，刘备佯装不许。诸葛亮说："军情危急，请派我去一趟。"刘备这才答应。

鲁肃先领诸葛亮到幕府，张昭、顾雍等文武二十多人已衣冠整齐地坐在那里。诸葛亮逐一相见，问过姓名，坐在客位。张昭见诸葛亮丰神飘逸，气宇轩昂，猜他必来当说客，就想难倒他，于是发动一场论战。

江东谋士摇唇鼓舌，纷纷责问、刁难诸葛亮，把刘备、诸葛亮说成无能之辈，所以才会

rú tóng sàng jiā zhī quǎn lián gè wō dōu méi yǒu le zhǐ
如同丧家之犬，连个窝都没有了，只
hǎo yī fù liú qí zhū gě liàng jù lǐ lì zhēng shī zhǎn
好依附刘琦。诸葛亮据理力争，施展
chún qiāng shé jiàn dà zhàn qún rú bǎ jiāng nán míng shì xiū
唇枪舌剑，大战群儒，把江南名士羞
de yí gè gè hàn liú jiā bèi wú dì zì róng lǔ sù
得一个个汗流浃背，无地自容。鲁肃
yǐn zhū gě liàng qù jiàn sūn quán sūn quán jiàn zhū gě liàng lái
引诸葛亮去见孙权，孙权见诸葛亮来
dào xià le tái jiē xiāng yíng
到，下了台阶相迎，
shī le lǐ cì zhū gě liàng zuò
施了礼赐诸葛亮坐
xià zhòng chén fēn liè liǎng háng
下，众臣分列两行。

zhū gě liàng fēn xī le
诸葛亮分析了
shuāng fāng de yōu shì
双方的优势
hé liè shì qiáng diào
和劣势，强调
zhǐ chū cáo jūn dà
指出，曹军大
duō shì běi fāng rén
多是北方人，
bù xí guàn shuǐ zhàn jīng zhōu rén mín nèi xīn bìng bù fú
不习惯水战，荆州人民内心并不服
cóng cáo cāo jiāng jūn rú néng hé liú bèi lián hé kàng cáo cáo bīng bì bài
从曹操。将军如能和刘备联合抗曹，曹兵必败，
cáo sūn liú jiāng xíng chéng dǐng zú zhī shì ér chéng bài de guān jiàn zé zài
曹、孙、刘将形成鼎足之势。而成败的关键，则在
sūn quán shēn shang sūn quán máo sè dùn kāi dàn hái shi yǒu diǎn ná bú dìng zhǔ
孙权身上。孙权茅塞顿开，但还是有点拿不定主
yi yào zài sān sī
意，要再三思。

周瑜听说曹操大军压境，连夜赶回柴桑。鲁肃来到他家，把孙权与文武各执己见的事说了一遍。周瑜说：“我自有主张，你可去请诸葛亮来相见。”

诸葛亮故意说曹操一愿扫平四海，一愿得江东二乔以激怒周瑜。果然，周瑜勃然大怒，指着北方大骂：“老贼欺我太甚！我与老贼誓不两立！”

第二天孙权升堂，周瑜说曹操犯了兵家的四大禁忌，虽多必败。他愿领精兵进驻夏口，大破曹军。孙权站起身，立誓说：“我与老贼，誓不两立！”接着封周瑜为大都督，程普为副都督，鲁肃为赞军校尉。

诸葛亮草船巧借箭

zhugeliangcaochuanqiaojiejian

zhōu yú diào qiǎn bīng mǎ dào sān jiāng kǒu fù jìn zhā yíng dāng yè dēng
周瑜调遣兵马，到三江口附近扎营。当夜登
gāo kàn duì àn dēng huǒ jiē tiān tā jiù chéng chuán guò jiāng lí cáo jūn shuǐ
高看对岸，灯火接天。他就乘船过江，离曹军水
zhài bù yuǎn chù pāo máo zǐ xì kàn zhài bù yóu dà jīng shuō zhè zhǒng
寨不远处抛锚，仔细看寨，不由大惊，说：“这种
bù zhì jìn dé shuǐ jūn zhī miào shuí shì cáo jūn shuǐ jūn dū du zuǒ yòu
布置尽得水军之妙，谁是曹军水军都督？”左右
shuō cài mào zhāng yǔn zhōu yú àn xiǎng yào pò cáo bīng bì xiān chú
说：“蔡瑁、张允。”周瑜暗想，要破曹兵，必先除
qù zhè liǎng rén nà shí jiàn shuǐ zhài zhōng qí hào yáo dòng máng shōu le máo
去这两人。那时，见水寨中旗号摇动，忙收了锚，
zhuǎn duò jiù zǒu dài cáo jūn chuán gǎn chū lái shí yǐ zǒu shí duō lǐ le
转舵就走。待曹军船赶出来时，已走十多里了。

cáo cāo zhèng wèi shuǐ zhài bèi tōu kàn fā
曹操正为水寨被偷看发
chóu yí gè rén zhàn chū lái cǐ rén míng
愁，一个人站出来。此人名
jiào jiǎng gàn yǔ zhōu yú shì tóng chuāng
叫蒋干，与周瑜是同窗，
tā yào píng sān cùn bú làn zhī shé
他要凭三寸不烂之舌，
guò jiāng qù shuì xiáng zhōu yú cáo cāo
过江去说降周瑜。曹操
zhì jiǔ wèi tā sòng xíng tā jiù dài
置酒为他送行，他就带
yí gè tóng zi zuò yì zhī xiǎo chuán
一个童子，坐一只小船，

来到南寨，求见周瑜。

周瑜先吩咐手下怎么做，才出来迎接蒋干，摆酒相待。周瑜说：“我自领兵出征，滴酒不沾，今天见了老朋友，一醉方休。”就开怀畅饮。

饮至深夜，蒋干说：“酒够了。”周瑜命撤席，把蒋干携进大帐共寝。他和衣躺下，吐了一地，呼呼大睡。蒋干悄悄起身，见案上堆着文书，偷偷翻看，见一封书信，信封上写着“张允、蔡瑁谨封”，忙抽出观看，却是张、蔡二人想投东吴，要把曹操的人头送给周瑜当礼物，不由大惊，将书信藏到怀里。蒋干怕周瑜找不到书信会杀他，到五更时起身喊周瑜，没喊醒，就带上小童，直奔辕门，

jūn shì yě bù lán tā
军士也不拦他。

jiǎng gàn jiàn dào cáo cāo cáo cāo wèn shì qing zěn yàng jiǎng gàn
蒋干见到曹操，曹操问：“事情怎样？”蒋干
ràng cáo cāo bǐng tuì zuǒ yòu qǔ chū shū xìn shuō le yè jiān de jiàn wén
让曹操屏退左右，取出书信，说了夜间的见闻。
cáo cāo dà nù lì kè mìng wǔ shì bǎ cài mào zhāng yǔn tuī chū zhǎn shǒu
曹操大怒，立刻命武士把蔡瑁、张允推出斩首。
dài rén tóu xiàn dào tā cái huǎng rán dà wù zhī dào zhòng le zhōu yú de jì
待人头献到，他才恍然大悟，知道中了周瑜的计。

zhōu yú dé zhī fēi cháng gāo xìng rèn wéi chú qù èr rén jiù méi yǒu
周瑜得知，非常高兴，认为除去二人，就没有
shén me gù lǜ le dàn tā yòu xiǎng dào cǐ jì shuí dōu néng mán guò jiù
什么顾虑了。但他又想到，此计谁都能瞒过，就
pà mán bú guò zhū gě liàng jiù ràng lǔ sù qián qù shì tàn lǔ sù jiàn le
怕瞒不过诸葛亮，就让鲁肃前去试探。鲁肃见了
zhū gě liàng zhū gě liàng shuō wǒ zhèng yào gěi dū du hè xǐ lǔ sù
诸葛亮，诸葛亮说：“我正要给都督贺喜。”鲁肃
wèn hè shén me xǐ zhū gě liàng shuō zhè tiáo jì zhǐ néng mán jiǎng
问：“贺什么喜？”诸葛亮说：“这条计只能瞒蒋
gàn cáo cāo suī bèi yì shí mēng piàn zhǐ shì
干，曹操虽被一时蒙骗，只是
bù kěn rèn cuò lǔ sù huí lái jiàn le
不肯认错。”鲁肃回来，见了
zhōu yú jiāng zhū gě liàng de huà rú shí shuō chū
周瑜，将诸葛亮的话如实说出。

zhōu yú dà jīng shuō wǒ fēi shā
周瑜大惊，说：“我非杀
tā bù kě lǔ sù máng quàn
他不可！”鲁肃忙劝：
ruò shā tā yào rě cáo cāo qǔ
“若杀他，要惹曹操取
xiào zhōu yú shuō wǒ zì yǒu bàn
笑。”周瑜说：“我自有办
fǎ shā tā ràng tā sǐ ér wú yuàn
法杀他，让他死而无怨。”

第二天，周瑜召集众将，请诸葛亮议事。周瑜问：“水上交战，以什么兵器最重要？”诸葛亮说：“弓箭最重要。”“日前军中缺箭，烦请先生监造十万支箭。”“都督委任，自当效劳，不知什么时候要？”“十天之内，能造完吗？”“曹军说到就到，十天怕误大事。三天就可交十万支箭。”周瑜欣喜万分，当即让军政司立了文书，置酒款待诸葛亮。

鲁肃来到，诸葛亮埋怨道：“我叫你不要告诉他，你却不为我隐瞒。三天如何造十万支箭？你得救我。”鲁肃说：“你说要三天，我怎么救你？”“你借给我二十条船，每只船上要军士三十人，船上都用青布做帐，各束草把千余个，分布两边，三天包管有十万支箭。只是别再对周瑜说。”鲁肃答应了，私自拨快船二十只，按

zhū gě liàng fēn fù zuò hǎo zhǔn bèi
诸葛亮吩咐做好准备。

dì sān tiān yè li sì gēng zhū gě liàng bǎ lǔ sù qǐng dào chuánshang
第三天夜里四更，诸葛亮把鲁肃请到船上，
shuō qǐng gēn wǒ qǔ jiàn qù dào nǎ li qǔ jiàn yí qù jiù
说：“请跟我取箭去。”“到哪里取箭？”“一去就
zhī dào jiù bǎ chuán yòng shéng suǒ lián chéng yí chuàn wǎng běi àn shǐ qù zhè
知道。”就把船用绳索连成一串，往北岸驶去。这
yè dà wù mí màn jiāng zhōng wù gèng nóng duì miàn bú jiàn rén wǔ gēng shí
夜大雾弥漫，江中雾更浓，对面不见人。五更时，
chuán yǐ dǐ jìn cáo jūn shuǐ zhài zhū gě liàng jiào rén bǎ chuán tóu cháo xī wěi
船已抵近曹军水寨。诸葛亮叫人把船头朝西尾
cháo dōng yí zì pái kāi mìng jūn shì léi gǔ nà hǎn lǔ sù dǎn zhàn xīn
朝东，一字排开，命军士擂鼓呐喊。鲁肃胆战心
jīng de shuō jiǎ rú cáo bīng chū lái zěn me bàn zhū gě liàng
惊地说：“假如曹兵出来怎么办？”诸葛亮
cóng róng de shuō wǒ men zhǐ guǎn yǐn jiǔ qǔ lè wù sàn jiù huí
从容地说：“我们只管饮酒取乐，雾散就回。”

máo jiè yú jìn fēi bào cáo cāo cáo cāo bú ràng chū bīng
毛玠、于禁飞报曹操，曹操不让出兵，
zhǐ ràng luàn jiàn shè chū hái pà shuǐ jūn gōng jiàn shǒu bú gòu yòu
只让乱箭射出，还怕水军弓箭手不够，又
mìng zhāng liáo xú huǎng gè dài sān qiān gōng nǔ bīng huǒ sù dào jiāng
命张辽、徐晃各带三千弓弩兵，火速到江
biān zhù shè bù yì shí shuǐ
边助射。不一时，水
hàn zhài wàn nǔ qí
旱寨万弩齐

fā jiàn rú yǔ xià
发，箭如雨下。

dāi dào rì gāo wù sàn zhū gě liàng xià
待到日高雾散，诸葛亮下
lìng gǎn kuài huí qù ràng jūn shì gāo hǎn xiè
令赶快回去，让军士高喊：“谢
chéngxiàng jiàn dài cáo cāo dé zhī xiāo
丞相箭！”待曹操得知消
xi chuánshùn shuǐ yǐ zǒu èr shí yú lǐ zhuī
息，船顺水已走二十余里，追
bú shàng le chuán dào àn biān zhōu yú yǐ pài
不上了。船到岸边，周瑜已派
wǔ bǎi bīng děng zài nà li cóng cǎo bǎ shang bá
五百兵等在那里，从草把上拔
xià jiàn zú zú shí wàn duō zhī zhōu yú xià
下箭，足足十万多枝。周瑜下
zhàng yíng jiē shuō xiān sheng shén suàn shǐ rén
帐迎接，说：“先生神算，使人
pèi fú zhū gě liàng shuō guǐ zhà xiǎo jì bù
佩服。”诸葛亮说：“诡诈小计，不
zhí yì tí èr rén luò zuò yǐn jiǔ zhōu yú shuō cáo jūn shuǐ zhài yán
值一提。”二人落座饮酒，周瑜说：“曹军水寨，严
zhěng yǒu fǎ wǒ yǒu yí jì bù zhī shì fǒu kě xíng zhū gě liàng shuō
整有法，我有一计，不知是否可行？”诸葛亮说：
zán men gè zì xiě zài shǒu li èr rén xiě le dōu shēn kāi shǒu zhǐ
“咱们各自写在手里。”二人写了，都伸开手，只
jiàn dōu shì yí gè huǒ zì èr rén dà xiào hù xiāng dīng zhǔ bú yào xiè
见都是一个“火”字。二人大笑，互相叮嘱不要泄
lòu zhū jiàng dōu mò míng qí miào
露。诸将都莫名其妙。

cáo cāo píng bái diū le shí jǐ wàn zhī jiàn xīn zhōng fán mèn biàn pài
曹操平白丢了十几万支箭，心中烦闷。便派
cài mào de dì di cài zhōng cài hé qù dōng wú zhà xiáng yǐ biàn jí shí bào
蔡瑁的弟弟蔡中、蔡和去东吴诈降，以便及时报
gào dí qíng
告敌情。

庞世元过江献连环
pangshiyuanguojiangxianlianhuan

huáng gài yè li qiāo qiāo lái jiàn zhōu yú zì gào fèn yǒng xiàn kǔ ròu
黄盖夜里悄悄来见周瑜，自告奋勇献苦肉
jì zhōu yú shēn wèi zhè wèi lǎo jiàng de jīng shén suǒ gǎn dòng dì èr tiān
计，周瑜深为这位老将的精神所感动。第二天，
zhōu yú dà huì zhòngjiàng zhū gě liàng zuò zài kè zuò zhōu yú chuán lìng gè
周瑜大会众将，诸葛亮坐在客座。周瑜传令，各
jiàng lǐng sān gè yuè liáng cǎo zhǔn bèi yù dí huáng gài gōng kāi dǐngzhuàng zhōu
将领三个月粮草，准备御敌。黄盖公开顶撞，周
yú dà nù mìng lìng mǎ shàngzhǎn shǒu gān níng qiú qíng
瑜大怒，命令马上斩首。甘宁求情，
bèi luàn bàng dǎ chū qù zhòngjiàng dōu guì xià qiú qíng
被乱棒打出去。众将都跪下求情，
zhōu yú yú nù wèi xī shuō kàn zhòng rén miàn zi
周瑜余怒未息，说：“看众人面子，
sǐ zuì miǎn le zhòng dǎ yì bǎi jūn gùn zuǒ
死罪免了，重打一百军棍！”左
yòu zhuō fān huáng gài zhí dǎ de pí kāi ròu
右捉翻黄盖，直打得皮开肉
zhàn xiān xuè bèng liú
绽，鲜血迸流。

dāng wǎn zhū jiàng
当晚，诸将
lái tàn wànghuáng gài huáng
来探望黄盖，黄
gài bù shuō huà zhǐ shì
盖不说话，只是
tàn qì cān móu kàn zé
叹气。参谋阚泽

来访，黄盖让左右退下，黄盖就说出心事，请他到曹营献诈降书，他就拿了书信，扮作渔翁，连夜过江，把降书献给曹操。曹操正犹豫，有人入帐，与曹操耳语几句，送上一封书信。曹操看着，面带喜色。阚泽已猜知是蔡中、蔡和送来的情报，曹操已确信黄盖是真降。曹操让阚泽立即回去，与黄盖约定，先送消息过江，他就派兵接应，黄盖去时，在船头插青龙牙旗为号。

曹操对此事仍有怀疑，蒋干再次过江探听消息，来到吴营，周瑜见了蒋干责备他私下盗信，也不容蒋干说话，便让人把蒋干送到西山庵中歇息，派两名士兵服侍他。蒋干在庵中坐立不安。当夜繁星满天，他漫步踱出庵，听到有读书声，就寻过去，见山岩旁有几间

cǎo wū wū nèi liàng zhe dēngguāng
草屋，屋内亮着灯光。

tā zǒu jìn xì kàn jiàn
他走近细看，见
qiáng shang guà zhe jiàn
墙上挂着剑，
yì rén zài dēng qián
一人在灯前
zhèng dú sūn wú bīng
正读孙、吴兵
fǎ jiǎng gàn kòu
法。蒋干叩
mén nà rén kāi le
门，那人开了
mén yì tán zhī
门，一谈之
xià biàn zhī cǐ rén shì páng tǒng xiānsheng jiǎng gàn shuō chū lái lì wǒ shì
下，便知此人是庞统先生。蒋干说出来历：“我是
cáo cāo pài guò jiāng lái mō dǐ xì de bù zhī xiānsheng kě fǒu guī cáo wǒ
曹操派过江来摸底细的，不知先生可否归曹，我
bǎo nǐ zuò gè jūn shī páng tǒng shuō wǒ zǎo jiù xiǎng lí kāi zhè lǐ
保你做个军师。”庞统说：“我早就想离开这里。
zán men shuō zǒu jiù zǒu
咱们说走就走。”

jiǎng gàn yǔ páng tǒng lián yè guò jiāng jiàn le cáo cāo shuō shì shì suī
蒋干与庞统连夜过江，见了曹操，说是事虽
méi bàn chéng què qǐng lái le néng rén fèng chú xiānsheng
没办成，却请来了能人凤雏先生。

páng tǒng gāo tán xióng biàn cáo cāo fēi cháng jìng pèi lián lián jìng jiǔ
庞统高谈雄辩，曹操非常敬佩，连连敬酒。
páng tǒng zhuāng zuì wèn jūn zhōng yǒu hǎo yī shēng ma cáo cāo wèn yào
庞统装醉，问：“军中有好医生吗？”曹操问：“要
yī shēng gàn shén me páng tǒng shuō shuǐ jūn shēng bìng de hěn duō děi yòng
医生干什么？”庞统说：“水军生病的很多，得用
yī shēng zhì liáo cáo cāo zhèng wèi běi jūn bù fú shuǐ tǔ yǐ bìng sǐ duō rén
医生治疗。”曹操正为北军不服水土，已病死多人

dān yōu　páng tǒng gù yì yù yán yòu zhǐ　cáo cāo zài sān xún wèn　tā cái
担忧，庞统故意欲言又止，曹操再三询问，他才
shuō　shuǐ jūn shēng bìng　shì yīn chuán zài shuǐ shang diān bǒ yǐn qǐ de　yào
说：“水军生病，是因船在水上颠簸引起的。要
shì bǎ chuán dà xiǎo dā pèi　huò sān shí zhī huò wǔ shí zhī　yòng tiě liàn suǒ
是把船大小搭配，或三十只或五十只，用铁链锁
zhù　shàng pū kuān mù bǎn　bù jǐn rén xíng píng wěn　mǎ pǐ yě kě lái huí
住，上铺宽木板，不仅人行平稳，马匹也可来回
zǒu　rèn tā fēng làng cháo shuǐ zài dà　yě bú yòng hài pà　cáo cāo lián lián
走，任他风浪潮水再大，也不用害怕。”曹操连连
dào xiè　páng tǒng shuō　zhè shì wǒ de qiǎn jiàn　zhǔ yi hái kào chéng xiàng
道谢，庞统说：“这是我的浅见，主意还靠丞相
ná　cáo cāo lì jí chuán lìng　jūn zhōng tiě jiàng lián yè dǎ zào lián huán dà
拿。”曹操立即传令，军中铁匠连夜打造连环大
dīng　suǒ zhù chuán zhī
钉，锁住船只。

dì èr tiān　shuǐ jūn dū dū máo jiè　yú jìn lái bào
第二天，水军都督毛玠、于禁来报，
shuō chuán yǐ yòng tiě liàn suǒ hǎo　qǐng chéng xiàng diào qiǎn jìn bīng
说船已用铁链锁好，请丞相调遣进兵。
cáo cāo shàng chuán zuò dìng　jiàn chuán duì qí hào fēn míng　jìn tuì yǒu fāng
曹操上船坐定，见船队旗号分明，进退有方。
chuán zhī suǒ zài yì qǐ　chōng bō
船只锁在一起，冲波
pò làng　wěn rú píng dì　běi
破浪，稳如平地。北
jūn zài chuán shang wǔ qiāng shǐ dāo
军在船上舞枪使刀，
zài bù yūn chuán　cáo cāo kàn
再不晕船。曹操看
wán cāo liàn　xīn zhōng gèng jiā gāo
完操练，心中更加高
xìng　zàn bù jué kǒu de
兴，赞不绝口地
shuō　yào bú shì tiān
说：“要不是天

mìng zhù wǒ zěn néng yǒu fèng chú xiàn lián huán jì chéng
命助我，怎能有凤雏献连环计？”程
yù shuō suǒ chuán gù rán píng wěn dàn dí rén ruò yòng
昱说：“锁船固然平稳，但敌人若用
huǒ gōng jiù nán yǐ táo bì
火攻，就难以逃避。”

cáo cāo shuō fán yòng huǒ gōng
曹操说：“凡用火攻，
xū jiè fēng lì rú jīn zhèng zhí lóng dōng
须借风力。如今正值隆冬，
zhǐ yǒu xī běi fēng nǎ yǒu dōng nán fēng
只有西北风，哪有东南风？”

dì èr tiān zhōu yú zài shān dǐng guān
第二天，周瑜在山顶观
zhàn tū rán yí zhèn fēng chuī guò qí
战，突然，一阵风吹过，旗
jiǎo zài zhōu yú liǎn shang fú guò zhōu yú dà
角在周瑜脸上拂过，周瑜大
jiào yì shēng tù xuè dǎo dì hūn mí bù xǐng zuǒ yòu bǎ tā jiù huí huāng
叫一声，吐血倒地，昏迷不醒。左右把他救回，慌
máng pài rén bào gào sūn quán yòu qǐng yī shēng wèi tā zhì liáo
忙派人报告孙权，又请医生为他治疗。

lǔ sù xīn zhōng fán mèn lái jiàn zhū gě liàng zhū gě liàng shuō gōng
鲁肃心中烦闷，来见诸葛亮。诸葛亮说：“公
jǐn de bìng wǒ néng zhì liáo lǔ sù jiù qǐng tā qù gěi zhōu yú kàn bìng
谨的病我能治疗。”鲁肃就请他去给周瑜看病。
zhū gě liàng wèn xiǎng bú dào dū du guì tǐ bù ān zhōu yú shuō rén
诸葛亮问：“想不到都督贵体不安。”周瑜说：“‘人
yǒu dàn xī huò fú zěn néng yù liào zhū gě liàng xiào zhe shuō tiān
有旦夕祸福’，怎能预料？”诸葛亮笑着说：“‘天
yǒu bú cè fēng yún gèng nán yù liào wǒ yǒu yì fāng guǎn jiào dū du qì
有不测风云’，更难预料。我有一方，管教都督气
shùn jiù qǔ guò zhǐ bǐ ràng zuǒ yòu tuì xià xiě xià shí liù gè zì
顺。”就取过纸笔，让左右退下，写下十六个字：
yù pò cáo gōng yí yòng huǒ gōng wàn shì jù bèi zhǐ qiàn dōng fēng zhōu
“欲破曹公，宜用火攻，万事俱备，只欠东风。”周

瑜看了，不得不叹服，问道："先生知我病源！军情危急，望请赐教。"诸葛亮说："都督若要东风，可于南屏山筑台，名叫七星坛。我于台上作法，就可借来东南风，助都督用兵，怎样？"周瑜一高兴，马上下了床，命五百军士筑坛，一百二十人去护旗。

将近三更，忽听风响，周瑜出帐看，旗帜都向西北飘动，心中更加妒恨诸葛亮，命令丁奉、徐盛到七星坛拿住诸葛亮就斩首。丁奉提剑上台，诸葛亮早已经没有踪影。

华容道关羽释曹操

huarongdaoguanyushicaocao

cáo cāo zhèng děng huáng gài xiāo xi zhè shí huáng gài de xiǎo zú lái dào
曹操正等黄盖消息，这时，黄盖的小卒来到，
chéngshàng mì xìn shuō jīn wǎn èr gēng huáng gài jiāng shā sǐ jǐ gè jiāng dōng
呈上密信，说：“今晚二更，黄盖将杀死几个江东
míng jiàng jià liáng chuán lái xiáng cáo cāo dà xǐ biàn dào dà chuánshang děng
名将，驾粮船来降。”曹操大喜，便到大船上，等
huáng gài dào lái dào le bàng wǎn zhōu yú mìng rén bǎ cài hé kǔn le lā
黄盖到来。到了傍晚，周瑜命人把蔡和捆了，拉
dào jiāng biān hēi sè dà qí xià yì dāo zhǎn le yòng xuè
到江边黑色大旗下，一刀斩了，用血
jì le qí jiù xià lìng kāi chuán huáng gài zài dì
祭了旗，就下令开船。黄盖在第
sān zhī chuánshang wǎng chì bì jìn fā
三只船上，往赤壁进发。

zhè shí dōng fēng dà qǐ bō tāo xiōng yǒng
这时东风大起，波涛汹涌。
cáo cāo zài dà chuánshang gé jiāng yáo wàng yǐn yuē
曹操在大船上隔江遥望，隐约
jiàn yí duì chuán shǐ lái dài jìn le
见一队船驶来，待近了，
rèn chū chuánshang dōu chā zhe qīng lóng
认出船上都插着青龙
yá qí dà qí shang xiě zhe huáng gài de míng
牙旗，大旗上写着黄盖的名
zi chéng yù shuō lái chuán bì yǒu zhà
字。程昱说：“来船必有诈。
liáng chuán wěn zhòng zhè xiē chuán hěn qīng
粮船稳重，这些船很轻

浮。再说今夜又是东南风，不能不防。”曹操省悟，问：“谁去拦他们？”

哪里还拦得住！黄盖把刀一招，各船一齐点火，趁着风势，直撞曹军水寨。曹军船被铁链锁住，无法躲避，转眼间都被引燃，烈焰冲天。黄盖与士卒都跳到小船上，冒着浓烟烈火，来寻曹操。曹操正无处逃避，张辽驾小船赶来，把曹操接上小船。黄盖见穿绛红袍的逃走，知是曹操，催船快赶。张辽一箭射中黄盖左肩，黄盖落水，曹操才得以走脱，登岸上马，见旱寨也变成火海，人马已经大乱。韩当救起黄盖，命人把他送回医治。曹军着枪中箭、火焚水淹，死伤无数。

gān níng ràng cài zhōng lǐng lù lái dào cáo jūn yíng zhōng yì dāo pī sǐ cài
甘宁让蔡中领路，来到曹军营中，一刀劈死蔡
zhōng mìng jūn rén fàng qǐ huǒ lái lǚ méng wàng jiàn zhōng jūn huǒ qǐ yě fàng huǒ
中，命军人放起火来。吕蒙望见中军火起，也放火
jiē yìng zhāng liáo shuài bǎi yú qí bīng hù zhù cáo cāo zài huǒ hǎi zhōng chuān xíng
接应。张辽率百余骑兵护住曹操，在火海中穿行。

zǒu dào wǔ gēng huǒ guāng jiàn yuǎn cáo cāo fàng xià xīn lái cǐ shí
走到五更，火光渐远，曹操放下心来。此时，
bǎi zài tā men miàn qián de yǒu liǎng tiáo lù xiǎo jūn wèn cóng nǎ tiáo lù
摆在他们面前的有两条路。小军问："从哪条路
zǒu cáo cāo mìng rén shàng gāo chù guān kàn jiàn xiǎo lù yǒu jǐ chù mào yān
走？"曹操命人上高处观看，见小路有几处冒烟，
jiù mìng rén zǒu huá róng xiǎo lù zhòng rén wèn yǒu yān chù bì yǒu rén mǎ
就命人走华容小路。众人问："有烟处必有人马，
wèi shén me zǒu zhè tiáo lù cáo cāo shuō zhū gě liàng ràng rén zài shān zhōng
为什么走这条路？"曹操说："诸葛亮让人在山中
shāo yān shǐ wǒ jūn bù gǎn zǒu xiǎo lù tā què zài dà lù shang mái fú rén
烧烟，使我军不敢走小路，他却在大路上埋伏人
mǎ děng wǒ wǒ piān bú zhòng tā de jì zhòng rén zǒu shàng
马等我，我偏不中他的计。"众人走上
huá róng dào zǎo yǐ rén kùn mǎ fá
华容道早已人困马乏。

qián jūn tū rán tíng xià yuán lái kēng
前军突然停下，原来坑
nèi jī shuǐ ní xiàn mǎ tí bù
内积水，泥陷马蹄，不
néng qián jìn cáo cāo jiù xià lìng
能前进。曹操就下令
ràng qiáng zhuàng de shì bīng diàn lù
让强壮的士兵垫路，
shāng cán de shì bīng màn zǒu cáo
伤残的士兵慢走。曹
cāo jiàn shēn biān zhǐ shèng sān bǎi duō
操见身边只剩三百多
rén méi yǒu yì rén yī jiǎ zhěng
人，没有一人衣甲整

qí yòu yǎng miàn dà xiào zhòng rén wèn chéng xiàng wèi shén
齐，又仰面大笑。众人问：“丞相为什
me dà xiào cáo cāo shuō zhōu yú zhū gě liàng dào dǐ
么大笑？”曹操说：“周瑜、诸葛亮到底
shì wú néng zhī bèi yào zài zhè li mái fú
是无能之辈，要在这里埋伏
yì zhī rén mǎ wǒ men dōu shù shǒu jiù qín
一支人马，我们都束手就擒
le huà yīn wèi luò yì shēng
了。”话音未落，一声
pào xiǎng guān yǔ dài wǔ bǎi
炮响，关羽带五百
jiào dāo shǒu lán zhù qù lù
校刀手拦住去路。
zhòng jiàng hún fēi pò sàn miàn
众将魂飞魄散，面
miàn xiāng qù cáo cāo shuō
面相觑。曹操说：
dào le zhè yí bù zhǐ néng jué yī sǐ
“到了这一步，只能决一死

zhàn zhòng jiàng shuō zòng rán rén bú pà mǎ yě fá le zěn me zhàn
战。”众将说：“纵然人不怕，马也乏了，怎么战？”
chéng yù ràng cáo cāo qīn zì qù qiú gào jiù kě tuō nàn cáo cāo xiàng qián qiàn
程昱让曹操亲自去求告，就可脱难。曹操向前欠
shēn shuō jiāng jūn bié lái kě hǎo guān yǔ shuō guān mǒu fèng jūn shuài jiàng
身说：“将军别来可好？”关羽说：“关某奉军帅将
lìng děng hòu chéng xiàng duō shí cáo cāo shuō wǒ bīng bài shì wēi wàng jiāng
令，等候丞相多时。”曹操说：“我兵败势危，望将
jūn yǐ dāng nián de qíng yì wéi zhòng guān yǔ shuō wǒ yǐ zhǎn yán liáng zhū
军以当年的情义为重。”关羽说：“我已斩颜良、诛
wén chǒu jiě bái mǎ zhī kùn bào dá nǐ le cáo cāo shuō wǔ guān zhǎn
文丑、解白马之困，报答你了。”曹操说：“五关斩
jiàng de shì nǐ jiù wàng le dà zhàng fū yǐ xìn yì wéi běn jiāng jūn shú dú
将的事你就忘了？大丈夫以信义为本，将军熟读
chūn qiū yīng gāi rú hé bào dá wǒ ne guān yǔ běn shì yì zhòng rú
《春秋》，应该如何报答我呢？”关羽本是义重如

shān de rén jiàn cáo bīng qī huáng fēn fēn luò lèi xīn zhōng bù rěn bèi zhuǎnshēn
山的人，见曹兵凄惶纷纷落泪，心中不忍，背转身
qù mìng jūn shì sì sàn bǎi kāi cáo cāo biàn hé zhòngjiàngchōng guò qù zǒu
去，命军士四散摆开。曹操便和众将冲过去。走
chū bù yuǎn guān yǔ měng rán xiǎng qǐ yǐ lì xià jūn lìng zhuàng máng dà hè yì shēng
出不远，关羽猛然想起已立下军令状，忙大喝一声，
zhòng jūn fēn fēn xià mǎ dōu guì zài dì shang kū bài guān yǔ zhèng yóu yù zhī
众军纷纷下马，都跪在地上哭拜。关羽正犹豫之
shí zhāng liáo yòu gǎn lái guān yǔ niàn qǐ jiù qíng bǎ jūn shì yì qí fàng le
时，张辽又赶来，关羽念起旧情，把军士一齐放了。

guān yǔ fàng le cáo cāo kōng shǒu huí xià kǒu zhū gě liàng zhèng yǔ liú
关羽放了曹操，空手回夏口。诸葛亮正与刘
bèi qìng hè jiàn tā huí lái jǔ bēi yíng jiē jiāng jūn lì le tiān xià dì
备庆贺，见他回来，举杯迎接："将军立了天下第
yī gōng zhí dé qìng hè guān yǔ shuō guān mǒu tè lái lǐng sǐ zhū
一功，值得庆贺。"关羽说："关某特来领死。"诸
gě liàng wèn cáo zéi méi zǒu huá róng dào guān mǒu wú néng bèi tā
葛亮问："曹贼没走华容道？""关某无能，被他
táo zǒu zhū gě liàng biàn le liǎn shuō nǐ shì gù yì fàng tā yǒu
逃走。"诸葛亮变了脸，说："你是故意放他。有
jūn lìng zhuàng zài cǐ bù dé bù àn jūn fǎ
军令状在此，不得不按军法
chǔ zhì jiù mìng lìng wǔ shì bǎ guān yǔ tuī
处置。"就命令武士把关羽推
chū zhǎn shǒu liú bèi lián máng qiú
出斩首。刘备连忙求
qíng zhū gě liàng běn wú yì
情，诸葛亮本无意
shā sǐ guān yǔ biàn shùn shuǐ
杀死关羽，便顺水
tuī zhōu ráo shù le tā
推舟，饶恕了他。

诸葛亮计取南郡城

zhugeliangjiqunanjuncheng

周瑜怕刘备先取南郡，便与鲁肃带领三千轻骑兵，往油江口来探虚实。

刘备、诸葛亮把二人迎进大帐，设宴相待。酒过数巡，周瑜说："你莫非想取南郡？"刘备说："都督不取我就取。""我早想吞并江南，为什么不取？""只怕都督取不到。""我取不到，那时任凭你取。"刘备让诸葛亮、鲁肃为见证，约定日后不得反悔。

曹仁守南郡，周瑜要亲自与曹仁决战。甘宁说："曹仁、曹洪互为犄角，我愿领三千

jīng bīng qǔ yí líng dū dū zài qǔ nán jùn zhōu
精兵取彝陵，都督再取南郡。”周

yú jiù ràng tā dǎ yí líng cáo rén dé zhī pài cáo
瑜就让他打彝陵。曹仁得知，派曹
chún yǔ niú jīn àn zhōng chū bīng zhī yuán cáo hóng
纯与牛金暗中出兵，支援曹洪。
cáo hóng shè jì gù zuò bù dí gān níng ràng
曹洪设计，故作不敌甘宁，让
chū chéng dài gān níng jìn chéng yǔ cáo hóng
出城，待甘宁进城，与曹洪、
niú jīn lǐng bīng bǎ yí líng tuán tuán wéi kùn
牛金领兵把彝陵团团围困。
zhōu yú dé bào dà jīng ràng líng tǒng dài
周瑜得报大惊，让凌统代
tā shǒu zhài zì shuài dà jūn jiù gān níng
他守寨，自率大军救甘宁。

zhōu yú jiàn chéng mén dà kāi gēn
周瑜见城门大开，跟
suí shù shí qí bīng qiǎng rù chéng zhōng hū
随数十骑兵抢入城中。忽
tīng yì shēng bāng zi xiǎng jiē liǎng páng fáng shang jiàn rú yǔ xià xǔ duō rén bú
听一声梆子响，街两旁房上箭如雨下，许多人不
shì zhòng jiàn jiù shì diē jìn xiàn kēng zhōu yú gāng lēi huí mǎ zuǒ lèi zhòng
是中箭就是跌进陷坑。周瑜刚勒回马，左肋中
jiàn zāi xià mǎ lái xú shèng dīng fèng pīn mìng qù jiù wú bīng zì xiāng jiàn
箭，栽下马来，徐盛、丁奉拼命去救。吴兵自相践
tà diē rù xiàn kēng de wú shù chéng pǔ jí máng shōu bīng cáo rén cáo hóng
踏，跌入陷坑的无数。程普急忙收兵，曹仁、曹洪
fēn liǎng lù shā huí wú bīng dà bài
分两路杀回，吴兵大败。

cáo rén jiù mìng jūn shì dà mà zhōu yú zhōu yú dà jiào yì shēng fān
曹仁就命军士大骂周瑜，周瑜大叫一声，翻
shēn luò mǎ shuāng fāng hùn zhàn yì chǎng wú bīng qiǎng huí zhōu yú zhōu yú àn
身落马。双方混战一场，吴兵抢回周瑜，周瑜暗
zhōng duì chéng pǔ shuō nǐ kě chèn jī shuō wǒ jiàn shāng fā zuò yǐ jīng sǐ
中对程普说：“你可趁机说我箭伤发作，已经死

了，曹仁必来劫寨。”程普照办，命令三军挂孝举哀，随后，他派十几个士兵，到城中诈降，说是周瑜箭伤迸裂，不治而死。曹仁当夜就去劫寨，曹军冲进吴寨，知道中计，急忙退兵，四下伏兵已杀出来，曹仁抵挡不住，就领兵投襄阳去了。

周瑜收兵正要进城，赵云在城上高叫：“都督恕罪，我奉军师之令，已取下南郡了。”周瑜命令攻城，城上射下乱箭，只好收兵，准备派甘宁取荆州，凌统取襄阳，然后再取南郡。

还没分拨人马，探子来报：“诸葛亮让张飞收了荆州。”不多时又有探子来报：“关羽取了襄阳。”周瑜问：“诸葛亮怎么轻易就收了两座城？”程普说：

tā duó dé cáo rén de bīng fú zì rán jiù
“他夺得曹仁的兵符，自然就
kě piàn xià liǎngchéng le zhōu yú qì de
可骗下两城了。”周瑜气得
dà jiào yì shēng jiàn chuāngbèng liè hūn
大叫一声，箭疮迸裂，昏
mí guò qù bànshǎng cái sū xǐng lǔ
迷过去，半晌才苏醒，鲁
sù shuō nǐ xiān zàn shí rěn nài wǒ
肃说：“你先暂时忍耐，我
qù jiàn liú bèi shuō lǐ tā yào shì
去见刘备说理，他要是
bù jiǎng lǐ zài dòngbīng yě bù wǎn
不讲理，再动兵也不晚。”

lǔ sù lái dào jīng zhōu jiàn
鲁肃来到荆州，见
jūn róngzhěng qí àn zàn zhū gě liàng huì yòng bīng zhū gě liàng bǎ lǔ sù yíng
军容整齐，暗赞诸葛亮会用兵。诸葛亮把鲁肃迎
jìn yá mén lǔ sù shuō wú hóu yǔ zhōu yú zài sān xiànghuáng shū zhì yì
进衙门。鲁肃说：“吴侯与周瑜再三向皇叔致意。
cáo cāo bǎi wàn dà jūn shuō shì xià jiāng nán shí wèi tú huáng shū xìng kuī
曹操百万大军，说是下江南，实为图皇叔。幸亏
dōng wú chū bīng shā tuì cáo bīng jiù le huáng shū jīng zhōu jiǔ jùn lǐ yīng guī
东吴出兵，杀退曹兵，救了皇叔，荆州九郡理应归
dōng wú huáng shū duó le jīng zhōu dào lǐ shangshuō bù tōng zhū gě liàng
东吴。皇叔夺了荆州，道理上说不通。”诸葛亮
shuō nǐ zěn me shuō hú tu huà jīng zhōu yuán shì liú biǎo de wǒ zhǔ rén
说：“你怎么说糊涂话？荆州原是刘表的，我主人
shì liú biǎo de tóng zōngxiōng dì liú biǎo suī sǐ liú qí shàng zài wǒ zhǔ
是刘表的同宗兄弟。刘表虽死，刘琦尚在，我主
yǐ shū fǔ zhí yǒu shén me shuō bù tōng ne lǔ sù shuō yào zhēn shì
以叔辅侄，有什么说不通呢？”鲁肃说：“要真是
liú qí zhàn le jīng zhōu hái yǒu dào lǐ dàn tā zài jiāng xià zhū gě liàng
刘琦占了荆州，还有道理，但他在江夏。”诸葛亮
jiù ràng rén chān chū liú qí liú qí shuō wǒ shēngbìng bù néng xíng lǐ qǐng
就让人搀出刘琦。刘琦说：“我生病不能行礼，请

yuán liàng lǔ sù wú yán yǐ duì hǎo yí zhèn cái shuō gōng zǐ rú guǒ bú
原谅。”鲁肃无言以对，好一阵才说：“公子如果不
zài le zěn me bàn zhū gě liàng shuō zài yì tiān wǒ jiù yào shǒu yì
在了，怎么办？”诸葛亮说：“在一天，我就要守一
tiān bú zài le zài shuō lǔ sù huí qù duì zhōu yú shuō le jīng guò
天，不在了再说。”鲁肃回去，对周瑜说了经过。
zhōu yú shuō liú qí nián jì qīng qīng shén me shí hou cái néng sǐ lǔ
周瑜说：“刘琦年纪轻轻，什么时候才能死？”鲁
sù shuō wǒ kàn tā jiǔ sè guò dù bìng rù gāo huāng bù chū bàn nián bì sǐ
肃说：“我看他酒色过度，病入膏肓，不出半年必死。”

bù jiǔ liú qí bìng sǐ liú bèi tòng kū bù zhǐ zhū gě liàng quàn
不久，刘琦病死，刘备痛哭不止。诸葛亮劝
tā xiān bù máng kū yīng lì jí pài rén qù shǒu chéng liào lǐ sāng shì jiù
他先不忙哭，应立即派人去守城，料理丧事。就
pài guān yǔ qián qù xiāng yáng liú bèi yòu dān xīn de shuō
派关羽前去襄阳。刘备又担心地说：
liú qí yǐ sǐ dōng wú lái tǎo jīng zhōu zěn me bàn
“刘琦已死，东吴来讨荆州怎么办？”
zhū gě liàng shuō wǒ zì huì duì dá bàn gè
诸葛亮说：“我自会对答。”半个
yuè hòu lǔ sù qián lái diào sāng yào tǎo huán jīng
月后，鲁肃前来吊丧，要讨还荆
zhōu bèi zhū gě liàng yì fān yán yǔ zhī
州。被诸葛亮一番言语支
wú guò qù zhū gě liàng ràng liú bèi xiě
吾过去。诸葛亮让刘备写
le wén shū yuē dìng zàn jiè jīng zhōu
了文书，约定暂借荆州
wéi gēn jī rú guǒ duó
为根基，如果夺
de xī chuān jí biàn guī
得西川，即便归
huán jīng zhōu lǔ sù wú
还荆州。鲁肃无
nài zhǐ dé yìng yǔn
奈，只得应允。

甘露寺刘皇叔招亲

ganlusiliuhuangshuzhaoqin

lǔ sù huí dào chái sāng hòu bǎ qíngkuàngxiàngzhōu yú yì shuō zhōu yú
鲁肃回到柴桑后，把情况向周瑜一说，周瑜
kàn le wén shū lián hū lǔ sù shàngdàng le liú bèi ruò yǒngyuǎn bù qǔ xī
看了文书，连呼鲁肃上当了，刘备若永远不取西
chuān qǐ bù yǒngyuǎn bù huán jīng zhōu méi guò jǐ tiān pài wǎng jīng zhōu de
川，岂不永远不还荆州？没过几天，派往荆州的
zhēn tàn huí bào shuō liú bèi de qī zi gān fū rén sǐ le zhōu yú xīn shēng
侦探回报说刘备的妻子甘夫人死了。周瑜心生
yí jì ràng sūn quán jiǎ yì wèi mèi zhāo qīn bǎ liú bèi piàn lái jiān jìn yòng
一计，让孙权假意为妹招亲，把刘备骗来监禁，用
liú bèi wéi rén zhì xiàng zhū gě liàng tǎo huán jīng zhōu sūn quán kàn le zhōu yú
刘备为人质向诸葛亮讨还荆州。孙权看了周瑜
tuō rén dài lái de shū xìn jiù pài lǚ fàn wéi méi rén qián wǎng jīng zhōu shuō méi
托人带来的书信，就派吕范为媒人，前往荆州说媒。

liú bèi yǔ zhū gě liàngshāng
刘备与诸葛亮商
yì zhū gě liàng shuō zhǔ gōng
议。诸葛亮说：“主公
kě dā ying xià lái xiān pài sūn
可答应下来，先派孙
qián hé lǚ fàn qù jiàn wú
乾和吕范去见吴
hóu shāng yì hǎo le jiù
侯。商议好了，就
kě zé rì chéng qīn liú bèi
可择日成亲。”刘备
shuō zhōu yú yì zhí xiǎng hài
说：“周瑜一直想害

我，我怎可轻易去险地？”诸葛亮大笑说：“周瑜再会用计，也出不了我的预料。我略施小计，就让他阴谋落空，吴侯的妹妹可属主公，荆州万无一失。”诸葛亮吩咐赵云说：“你保主公入吴，拿上三个锦囊，你可依次拆开看。”赵云收了贴身收藏。

刘备带赵云、孙乾与五百军士，乘十只快船前往南徐。到了南徐，赵云取出第一个锦囊，拆开看了，就让一百军士披红挂花，进城买东西，到处扬言刘备到东吴招亲的事，又让刘备先去见乔国老。乔国老就是二乔的父亲，刘备带人牵羊担酒，前去拜见。乔国老去向吴国太贺喜，国太还不知怎么回事。他说：“令爱已许配刘备为夫人，刘备已到南徐，你还瞒我？”国太大惊，唤来孙权，捶

胸大哭，质问道：“我不是你亲娘，你就看不起我。你招刘备为婿，为什么不事先告诉我？”孙权更是吃惊，掩饰说：“哪里有这事？”国太说：“全城人都知道了，你还瞒我。”孙权只好说：“这是周瑜的计策。”国太怒骂道：“周瑜做大都督，没本领去取荆州，却拿我女儿使美人计。杀了刘备，我女儿就要守望门寡，以后怎么说亲？”乔国老说：“凭此计得了荆州，要惹天下人耻笑，怎么能行？”孙权默默无言，吴国太骂不绝口。乔国老劝道：“刘备也是汉室宗亲，事情既到了这一步，不如真招他为女婿，免得出丑，刘备是当世豪杰，也不辱没令妹。”国太说：“我没见过刘备，明天约他在甘露寺相见。如果我不中意，任你

们行事；如果我中意，我就把女儿嫁给他。”孙权不敢违背母亲，出来吩咐吕范，明天去甘露寺设宴相亲。

第二天，国太、孙权先到甘露寺，派吕范去请刘备。刘备内穿细甲，外罩锦袍，让从人背剑，骑马去甘露寺。赵云全副武装，领兵随行。来到寺前，二人进方丈见国太。国太对乔国老说：“真配得上我女儿。”乔国老说：“刘备有龙凤之姿、天日之表，仁德布于天下。国太得此佳婿，可喜可庆。”刘备拜谢，国太就命开宴。没过几天，国太大摆宴会，让刘备与她女儿成亲。

孙权派人到柴桑，把弄假成真的事告诉周瑜，周瑜就写书信，让孙权用美色、玩物，消磨刘备的雄心壮志，离间他和关羽、张飞、诸葛亮的感情，让他滞留东吴，同时进攻

jīng zhōu dà shì kě chéng sūn quán kàn guò yòu ràng zhāng zhāo
荆州，大事可成。孙权看过，又让张昭
kàn zhāng zhāo rèn wéi zhōu yú cǐ jì kě xíng sūn quán jiù wèi
看，张昭认为周瑜此计可行。孙权就为
liú bèi xiū zhěng fǔ dì pài nǚ yuè shù
刘备修整府第，派女乐数
shí rén zèng sòng jīn yù wán wù liú
十人，赠送金玉玩物。刘
bèi guǒ rán mí liàn shēng sè bù xiǎng zài
备果然迷恋声色，不想再
huí jīng zhōu zhào yún jiàn nián
回荆州。赵云见年
dǐ yǐ jìn liú bèi bù tí
底已近，刘备不提
huí qù de shì chāi kàn le
回去的事，拆看了
dì èr gè jǐn náng yī jì
第二个锦囊，依计
cōng máng qù zhǎo liú bèi gù
匆忙去找刘备，故
zuò jīng huāng de shuō jūn shī
作惊慌地说："军师
pài rén lái bào shuō shì cáo cāo yào bào chì bì zhī chóu fā bīng wǔ shí wàn
派人来报，说是曹操要报赤壁之仇，发兵五十万，
shā bēn jīng zhōu xíng shì wēi jí qǐng zhǔ gōng kuài huí liú bèi shuō wǒ
杀奔荆州，形势危急，请主公快回。"刘备说："我
gēn fū rén shuō yí xià
跟夫人说一下。"

liú bèi jiàn le sūn fū rén àn àn luò lèi sūn fū rén wèn guò qíng
刘备见了孙夫人，暗暗落泪，孙夫人问过情
xíng biàn dào bù guǎn nǐ dào nǎ li wǒ dōu xiāng suí liú bèi shuō jiù
形便道："不管你到哪里，我都相随。"刘备说："就
shì guó tài fàng wǒ men wú hóu yě huì zǔ lán sūn fū rén xiǎng le yí
是国太放我们，吴侯也会阻拦。"孙夫人想了一
zhèn shuō yuán dàn nà tiān wǒ men jiù shuō dào jiāng biān jì zǔ bù cí
阵，说："元旦那天，我们就说到江边祭祖，不辞

而别。”

当天孙权大醉，直到五更才醒。当他得知刘备已走，就命陈武、潘璋领五百精兵立即追赶。

刘备到了江边，见诸葛亮带了二十只船等候，便急忙上船。蒋钦追到岸边，船已开远。

刘备的船正行驶，忽见无数东吴战船追来。周瑜亲自领中军，眼看赶上，诸葛亮让船直驶北岸，上岸就走。周瑜赶到岸边，命水军上岸追赶。

眼看刘备似乎触手可及，只听一声鼓响，前有关羽，左有黄忠，右有魏延，分别率人马杀来。周瑜慌了手脚，吴兵大败，逃到船上。刘备的军士登上山头齐声大叫：“周郎妙计安天下，赔了夫人又折兵！”周瑜大叫一声，箭疮迸裂，倒在船上。

得川图刘备入西蜀
dechuantuliubeiruxishu

hàn níng tài shǒu zhāng lǔ dān xīn cáo cāo chéng shèng qīn fàn zhōng yuán jiù
汉宁太守张鲁担心曹操乘胜侵犯中原，就
cǎi nà bù xià jiàn yì zhǔn bèi xiān duó xī chuān kuò dà shì lì yǐ kàng cáo
采纳部下建议，准备先夺西川，扩大势力，以抗曹
cāo xī chuān yì zhōu tài shǒu liú zhāng tīng shuō zhāng lǔ yào lái jìn fàn yòu jí
操。西川益州太守刘璋听说张鲁要来进犯，又急
yòu pà bié jià zhāng sōng shuō wǒ yuàn wǎng xǔ chāng yí tàng shuō cáo cāo
又怕。别驾张松说：“我愿往许昌一趟，说曹操
xīng bīng tǎo fá hàn zhōng shǐ zhāng lǔ wú lì jìn fàn xī chuān liú zhāng jiù
兴兵讨伐汉中，使张鲁无力进犯西川！”刘璋就
shōu shi le jīn yín zhū bǎo ràng zhāng sōng xiàn gěi cáo cāo
收拾了金银珠宝，让张松献给曹操。

cáo cāo jiàn zhāng sōng mào chǒu xiān yǒu jǐ fēn bú kuài zài yì tīng tā
曹操见张松貌丑，先有几分不快，再一听他
yán yǔ chōng zhuàng dòng le nù shuǎi xiù zi tuì rù
言语冲撞，动了怒，甩袖子退入
hòu táng bú yuàn zài jiàn zhāng sōng
后堂，不愿再见张松。

zhāng sōng běn dǎ suàn jiāng xī chuān dì tú
张松本打算将西川地图
xiàn gěi cáo cāo bù xiǎng shòu dào lěng yù yú
献给曹操，不想受到冷遇。于
shì jué dìng qù jiàn liú bèi cóng jīng zhōu
是，决定去见刘备，从荆州
qǔ dào huí chuān
取道回川。

zhāng sōng lián yè lí kāi xǔ chāng zhí
张松连夜离开许昌，直

奔荆州。刚踏进荆州地界，就见赵云、关羽前来迎接。张松在关羽、赵云的陪同下，来到荆州与刘备相见。

张松见刘备宽仁爱士，就劝刘备进取西川。接着，张松从袖中取出西川地图，送给刘备，并说他和心腹好友法正、孟达可做内应。刘备拱手致谢。

张松回到成都，与法正、孟达密商后，劝说刘璋让刘备引兵入川，协助抗拒张鲁和曹操。刘璋当即派法正拿信去荆州。刘备接到刘璋的求援信，留下诸葛亮和关、张、赵守荆州，亲率马步兵五万，以庞统为军师，黄忠为前部，魏延为后军，起程西行。刘璋带领三万人马，到离成都三百多里的涪城迎接刘

bèi liǎng rén xiāng jiàn huī lèi chàng
备。两人相见，挥泪畅
xù xiōng dì zhī qíng
叙兄弟之情。

páng tǒng xiàng liú bèi jiàn yì
庞统向刘备建议，
zài yàn qǐng liú zhāng shí yú xí jiān
在宴请刘璋时，于席间
shā zhī xī chuān tuò shǒu kě dé
杀之，西川唾手可得。
liú bèi rèn wéi liú zhāng shì tóng zōng
刘备认为刘璋是同宗
xiōng dì bù rěn jiā hài
兄弟，不忍加害。

jǐ tiān hòu hū bào zhāng lǔ
几天后，忽报张鲁
yào jìn fàn jiā méngguān liú zhāng
要进犯葭萌关。刘璋
biàn qǐng liú bèi qù jiā méngguān zhù
便请刘备去葭萌关驻
shǒu bù jiǔ zhāngsōng fǎn pàn zhī shì xiè lù liú zhāng xià lìng jiāng zhāng
守。不久，张松反叛之事泄露。刘璋下令将张
sōng quán jiā chāo zhǎn bìng duì liú bèi yán jiā fáng fàn liú bèi zhè cái jué xīn
松全家抄斩，并对刘备严加防范。刘备这才决心
duó qǔ xī chuān tā xiān shuài dà jūn gōng zhàn fú shuǐ guān yòu chéng shèng zhí
夺取西川。他先率大军攻占涪水关，又乘胜直
bī luò chéng liú zhāng wén bào máng pài liú guì líng bāo zhāng rèn dèng xián
逼雒城。刘璋闻报，忙派刘璝、泠苞、张任、邓贤
sì jiàng lǐng bīng yù dí
四将领兵御敌。

liú bèi jīng yǔ páng tǒng shāng yì jué dìng yóu páng tǒng wèi yán shuài bīng
刘备经与庞统商议，决定由庞统、魏延率兵
zǒu xiǎo lù zì jǐ hé huáng zhōng shuài bīng zǒu dà lù fēn bié xiàng luò chéng jìn
走小路，自己和黄忠率兵走大路，分别向雒城进
jūn lín xíng shí páng tǒng zuò xià mǎ hū rán yǎn shēng jiāng páng tǒng xiān xià
军。临行时，庞统坐下马忽然眼生，将庞统掀下

dì lái liú bèi jiàn zhuàng máng bǎ zì jǐ de bái mǎ huàn gěi páng tǒng qí
地来。刘备见状，忙把自己的白马换给庞统骑。

luò chéng shǒu jiàng tàn dé liú bèi fēn bīng liǎng lù lái gōng luò chéng zhāng rèn
雒城守将探得刘备分兵两路来攻雒城，张任

shuō dào chéng dōng nán yǒu tiáo xiǎo lù zuì wéi yào jǐn wǒ qīn zì lǐng bīng
说道：“城东南有条小路，最为要紧，我亲自领兵

qù shǒu zhāng rèn yǐn sān qiān jūn zài xiǎo lù mái fú jiàn wèi yán lǐng bīng
去守。”张任引三千军在小路埋伏。见魏延领兵

jīng guò zhāng rèn ràng fàng guò qù hòu jiàn páng tǒng jūn lái zhāng rèn duì bù
经过，张任让放过去。后见庞统军来，张任对部

xià yáo zhǐ shuō qí bái mǎ zhě bì shì liú bèi
下遥指说：“骑白马者必是刘备。”

páng tǒng jiàn shān gāo lù zhǎi shù mù cóng shēng xīn zhōng yí
庞统见山高路窄，树木丛生，心中疑

huò biàn wèn zuǒ yòu cǐ shì hé dì yì xīn xiáng chuān bīng
惑，便问左右：“此是何地？”一新降川兵

shuō cǐ chù luò fèng pō páng tǒng tīng le dà jīng shī sè
说：“此处落凤坡。”庞统听了，大惊失色。

tā jí lìng duì wu chè tuì wéi shí yǐ
他急令队伍撤退，为时已

wǎn zhǐ tīng yì shēng pào
晚，只听一声炮

xiǎng jiàn rú fēi huáng
响，箭如飞蝗，

qí wǎng qí bái mǎ zhě
齐往骑白马者

shè lái páng tǒng sǐ
射来。庞统死

yú luàn jiàn zhī
于乱箭之

xià shí nián jǐn
下，时年仅

sān shí liù suì
三十六岁。

liú bèi
刘备、

huángzhōng wèi yán zài chuān jūn
黄忠、魏延在川军
chōng shā xià qiě zhàn qiě zǒu
冲杀下，且战且走，
chè huí fú shuǐ guān dé zhī
撤回涪水关。得知
páng tǒng sǐ xùn liú bèi tòng
庞统死讯，刘备痛
kū bù yǐ zhū jiàng jiē kū
哭不已，诸将皆哭。
liú bèi jìn gōng shòu cuò yòu
刘备进攻受挫，又
tòng shī jūn shī zhǐ dé yí
痛失军师，只得一
miàn jiān shǒu chéng chí yí miàn
面坚守城池，一面
pài guān píng qù jīng zhōu sòng
派关平去荆州送
xìn qǐng zhū gě liàng lái shāng yì shōu chuān dà jì
信，请诸葛亮来商议收川大计。

zhū gě liàng jiē liú bèi jí xìn hòu lìng guān yǔ liú shǒu jīng zhōu tā
诸葛亮接刘备急信后，令关羽留守荆州。他
zài sān zhǔ fù guān yǔ yào běi jù cáo cāo dōng hé sūn quán guān yǔ shuō
再三嘱咐关羽要北拒曹操，东和孙权。关羽说：
jūn shī de jiào dǎo wǒ yào míng jì fèi fǔ zhū gě liàng zhè cái jiāo gē
“军师的教导，我要铭记肺腑。”诸葛亮这才交割
le yìn shòu pài zhāng fēi lǐng bīng yí wàn qǔ dà lù bēn luò chéng tā yǔ zhào
了印绶，派张飞领兵一万，取大路奔雒城，他与赵
yún lǐng bīng sù cháng jiāng ér shàng shuí xiān dào luò chéng shuí wéi tóu gōng
云领兵溯长江而上，谁先到雒城谁为头功。

葭萌关张飞战马超
jiamengguanzhangfeizhanmachao

liú bèi ná xià luò chéng yòu chéng shèng qǔ le mián zhú zhèng yào jìn
刘备拿下雒城，又乘胜取了绵竹。正要进
bīng chéng dū hū rán tàn mǎ lái bào liú zhāng yǐ yǔ zhāng lǔ jié méng zhāng
兵成都，忽然探马来报：刘璋已与张鲁结盟。张
lǔ pài mǎ chāo lái jiù xī chuān xiàn zhèng měng gōng jiā méng guān mèng dá huò
鲁派马超来救西川，现正猛攻葭萌关，孟达、霍
jùn dǐ dǎng bú zhù qǐng qiú lì jí fā jiù bīng zhū gě liàng shuō bì xū
峻抵挡不住，请求立即发救兵。诸葛亮说：“必须
zhāng zhào èr jiàng cái néng dí zhù mǎ chāo liú bèi shuō zhào yún zài wài
张、赵二将才能敌住马超。”刘备说：“赵云在外
wèi huí kě ràng zhāng fēi qù
未回，可让张飞去。”

dì èr tiān mǎ chāo dài bīng lái dào zhāng fēi chū zhàn dà jiào rèn
第二天，马超带兵来到，张飞出战，大叫：“认
shí yān rén zhāng yì dé ma mǎ
识燕人张翼德吗？”马
chāo shuō wǒ jiā shì dài gōng hóu
超说：“我家世代公侯，
zěn rèn shi xiāng bā lǎo èr rén
怎认识乡巴佬！”二人
dà zhàn yì bǎi duō huí hé bù fēn
大战一百多回合，不分
shèng fù liú bèi míng jīn shōu bīng
胜负。刘备鸣金收兵。
zhāng fēi xiē le yí huì er tuō qù
张飞歇了一会儿，脱去
tóu kuī shàng mǎ yòu zhàn mǎ chāo èr
头盔，上马又战马超。二

rén yòu zhàn yī bǎi duō huí hé gèng jiā yǒu jīng shén kàn
人又战一百多回合，更加有精神。看

kàn tiān wǎn liú bèi ràng zhāng fēi míng tiān zài zhàn zhāng
看天晚，刘备让张飞明天再战，张

fēi bù yī ràng diǎn qǐ dēng long huǒ bǎ huàn le liú
飞不依，让点起灯笼火把，换了刘

bèi de mǎ yǔ mǎ chāo yè
备的马，与马超夜

zhàn èr rén dōu dà jiào
战。二人都大叫：

yíng bù liǎo nǐ shì bù shōu
“赢不了你，誓不收

bīng èr rén dà zhàn èr
兵！”二人大战二

shí huí hé mǎ chāo bō mǎ
十回合，马超拨马

jiù zǒu zhāng fēi gǎn qù
就走。张飞赶去，

mǎ chāo huí shǒu zhì chū tóng chuí
马超回手掷出铜锤，

bèi zhāng fēi duǒ guò zhāng fēi bō mǎ
被张飞躲过。张飞拨马

jiù zǒu mǎ chāo gǎn qù zhāng fēi fǎn shēn shè le yí jiàn yě bèi mǎ chāo duǒ
就走，马超赶去，张飞反身射了一箭，也被马超躲

guò liú bèi xǐ ài mǎ chāo jiù ràng mǎ chāo shōu bīng tā yě shōu bīng huí guān
过。刘备喜爱马超，就让马超收兵，他也收兵回关。

guò le yì tiān zhāng fēi zhèng xiǎng qù zhàn mǎ chāo zhū gě liàng lái dào
过了一天，张飞正想去战马超，诸葛亮来到，

shuō zhāng fēi dà zhàn mǎ chāo bì yǒu yì shāng wǒ ràng zhào yún huáng zhōng
说：“张飞大战马超，必有一伤。我让赵云、黄忠

shǒu mián zhú xīng yè gǎn lái yào yòng jì shōu fú mǎ chāo zhū gě liàng ràng
守绵竹，星夜赶来，要用计收服马超。”诸葛亮让

liú bèi zhǔn bèi hòu lǐ àn zhōng jié jiāo ài cái rú mìng de yáng sōng rán hòu
刘备准备厚礼，暗中结交爱财如命的杨松，然后

xiě xìn gěi zhāng lǔ ràng tā shōu bīng bǎo tā wéi hàn níng wáng liú bèi yī
写信给张鲁，让他收兵，保他为汉宁王。刘备依

jì pài sūn qián wéi shǐ zhě xié dài zhēn bǎo lái dào hàn zhōng xiān jié jiāo le
计，派孙乾为使者，携带珍宝来到汉中，先结交了
yáng sōng cái bǎ liú bèi de shū xìn chéng jiāo zhāng lǔ zhāng lǔ bú xìn liú bèi
杨松，才把刘备的书信呈交张鲁。张鲁不信刘备
kě bǎo tā wéi wáng yáng sōng shuō tā shì dà hàn huáng shū dāng rán kě bǎo
可保他为王，杨松说：“他是大汉皇叔，当然可保
zhǔ gōng wéi wáng zhāng lǔ fēi cháng gāo xìng jiù pài rén ràng mǎ chāo chè bīng
主公为王。”张鲁非常高兴，就派人让马超撤兵。
méi guò jǐ tiān shǐ zhě huí lái shuō mǎ chāo shuō hái méi lì gōng bù
没过几天，使者回来，说：“马超说还没立功，不
kěn shōu bīng zhāng lǔ lián pài rén sān cì qù cuī mǎ chāo dōu bù kěn huí
肯收兵。”张鲁连派人三次去催，马超都不肯回。
sūn qián ràng yáng sōng xiàng zhāng lǔ jìn chán yán shuō mǎ chāo xiǎng duó xī chuān zì
孙乾让杨松向张鲁进谗言，说马超想夺西川，自
lì wéi shǔ zhǔ zhāng lǔ mǎn fù hú yí wèn yáng sōng zěn me bàn yáng sōng
立为蜀主。张鲁满腹狐疑，问杨松怎么办。杨松
shuō zhǔ gōng kě pài rén xiàng mǎ chāo shuō gěi tā yí gè yuè shí jiān bì
说：“主公可派人向马超说，给他一个月时间，必
xū bàn chéng sān jiàn shì dì yī qǔ xī chuān dì èr yào liú zhāng de rén tóu
须办成三件事：第一取西川，第二要刘璋的人头，

dì sān dǎ tuì liú bèi sān jiàn shì bàn
第三打退刘备。三件事办
bú dào ràng tā tí zì jǐ de tóu huí lái
不到，让他提自己的头回来。
zài pài zhāng wèi fáng shǒu guān ài fáng zhǐ tā
再派张卫防守关隘，防止他
bīng biàn zhāng lǔ jiù pài rén qù xiàng mǎ
兵变。”张鲁就派人去向马
chāo chuán le mìng lìng mǎ chāo dà jīng shuō
超传了命令。马超大惊，说：
zhè zhǒng shì zěn me bàn yáng
“这种事怎么办？”杨
sōng yòu sàn bù yáo yán shuō mǎ chāo
松又散布谣言，说马超
yào zào fǎn zhāng wèi jiù jiān shǒu
要造反。张卫就坚守

关隘，马超进退不得，左右为难。

诸葛亮得知马超的处境，就要亲自去说服马超投降。刘备怕他发生意外，不放他去。二人正争执不下，赵云派人送来李恢。李恢与马超有交情，自告奋勇要去说降马超。诸葛亮让他把说词先说一遍，认为可行，就让他去了。马超已知李恢来当说客，先埋伏下刀斧手，叮嘱：“我一下令，你们就把他砍成肉酱！”李恢来到，公然声称来当说客。马超威胁说：“我的宝剑新磨好，假如你的话不通，我就拿你试剑！”李恢笑着说：“只怕你的剑不能杀我，要往自己身上试！”接着，李恢把马超的处境、张鲁的猜忌一一剖析，马超才恍然大悟，却又认为无路可走。李恢说：“令尊曾与刘皇叔共讨曹贼，你何不投奔皇叔，上报

fù chóu xià lì gōngmíng mǎ chāo shā le yáng bǎi tóu xiáng le liú bèi liú
父仇，下立功名！”马超杀了杨柏，投降了刘备。刘
bèi yòngshàng bīn de lǐ jié jiē dài tā réng ràngmèng dá huò jùn shǒuguān biàn
备用上宾的礼节接待他，仍让孟达、霍峻守关，便
lǐng bīng qù dǎ chéng dū
领兵去打成都。

cì rì liú bèi dào chéng xià jiào mén liú zhāng zhǐ hǎo kāi chéng tóu xiáng
次日，刘备到城下叫门，刘璋只好开城投降。
liú bèi xīn zhōng bù rěn xiǎng bǎ liú zhāng liú zài chéng dū zhū gě liàng bú ràng
刘备心中不忍，想把刘璋留在成都，诸葛亮不让，
jiào liú zhāng lǐng zhèn wēi jiāng jūn yìn qiān wǎng nán jùn gōng ān xián zhù
教刘璋领振威将军印，迁往南郡公安闲住。

suí hòu liú bèi yòu huī shī yì jǔ píng dìng hàn zhōng bìng yú jiàn ān
随后，刘备又挥师一举平定汉中，并于建安
èr shí sì nián qī yuè dēng tán chēng hàn zhōngwáng lì liú chán wéi shì zǐ fēng
二十四年七月登坛称汉中王，立刘禅为世子。封
xǔ jìng wéi tài fù fǎ zhèng wéi shàng shū lìng
许靖为太傅，法正为尚书令，
zhū gě liàng wéi jūn shī zǒng lǐ guó jiā dà
诸葛亮为军师，总理国家大
shì fēng guān zhāng zhào mǎ huáng wéi
事。封关、张、赵、马、黄为
wǔ hǔ jiàng wèi yán wéi hàn zhōng tài shǒu
五虎将，魏延为汉中太守。
qí yú wén wǔ guān yuán gè yī gōng
其余文武官员各依功
láo fēngshǎng rán hòu xiū
劳封赏。然后，修
biǎo zhāng sòng shàng xǔ chāng
表章送上许昌，
chéng jiāo hàn xiàn dì
呈交汉献帝。

关云长水淹七路军

guanyunchangshuiyanqilujun

cáo cāo wén zhī liú bèi zì lì wéi hàn zhōng wáng yào qǐ qīng guó zhī bīng
曹操闻知刘备自立为汉中王，要起倾国之兵
fù xī chuān yǔ liú bèi jué yī cí xióng móu chén sī mǎ yì quàn tā zàn bù
赴西川与刘备决一雌雄。谋臣司马懿劝他暂不
chū bīng hái shi pài rén quàn shuō sūn quán duó qǔ jīng zhōu wéi hǎo cáo cāo lì
出兵，还是派人劝说孙权夺取荆州为好。曹操立
jí xiě le yì fēng xìn pài mǎn chǒng xīng yè sòng wǎng jiāng dōng sūn quán jiàn xìn
即写了一封信，派满宠星夜送往江东。孙权见信
hòu yóu yù bù jué zhū gě jǐn jiàn yì yǔ guān yǔ lián yīn lián hé pò cáo
后犹豫不决。诸葛瑾建议与关羽联姻，联合破曹。

sūn quán jué de yǒu lǐ pài zhū gě
孙权觉得有理，派诸葛
jǐn qù jīng zhōu tí qīn shuí zhī guān
瑾去荆州提亲。谁知，关
yǔ tīng shuō zhū gě jǐn de lái yì hòu
羽听说诸葛瑾的来意后，
jìng wàng jì le zhū gě liàng de zhǔ fù
竟忘记了诸葛亮的嘱咐，
bó rán dà nù yì kǒu jù jué
勃然大怒，一口拒绝。

zhū gě jǐn xiū kuì de huí
诸葛瑾羞愧地回
jiàn wú hóu shuō míng shí qíng
见吴侯，说明实情。
sūn quán shí fēn nǎo huǒ biàn xià
孙权十分恼火，便下
dìng jué xīn yǔ cáo cāo lián hé
定决心，与曹操联合，

夺取荆州。

刘备得知此讯，忙与诸葛亮商议。诸葛亮道：“可令关羽先进攻樊城、襄阳，使敌军胆寒。这样曹、孙的同盟自然就瓦解了。”

关羽接令后，命傅士仁、糜芳为先锋，带领一军在城外驻扎。樊城、襄阳守将曹仁领兵来战关羽。关羽令廖化、关平诈败两阵，引敌入伏。曹仁中计，被杀得大败，只好弃了襄阳，退守樊城。

关羽进入襄阳，随军司马王甫要他警惕东吴吕蒙袭取荆州。关羽让王甫在荆州沿江每隔二三十里筑一各烽火台，以防吴兵偷袭。王甫又提出，留糜芳、傅士仁守二城，恐不竭力，建议再派一忠诚廉直之人总督荆州。关羽要他不要多

yí méi yǒu cǎi nà tā de jiàn yì
疑，没有采纳他的建议。

guān yǔ dù guò xiāng jiāng lái gōng fán chéng
关羽渡过襄江，来攻樊城。

cáo rén xiàng cáo cāo qiú yuán cáo cāo fēng yú
曹仁向曹操求援。曹操封于

jìn wéi zhēng nán jiāng jūn páng
禁为征南将军，庞

dé wéi zhēng xī dū xiān fēng
德为征西都先锋，

lǐng qī zhī jīng bīng
领七支精兵

jiù yuán fán chéng
救援樊城。

liǎng jūn duì
两军对

zhèn guān yǔ zòng mǎ
阵，关羽纵马

wǔ dāo zhí qǔ páng
舞刀直取庞

dé páng dé lūn dāo
德，庞德抡刀

xiāng yíng èr jiàng zhàn yǒu bǎi yú huí hé jīng shén bèi zhǎng liǎng jūn kàn de
相迎。二将战有百余回合，精神倍长。两军看得

dāi le shuāng fāng dōu míng jīn shōu jūn
呆了，双方都鸣金收军。

dì èr tiān èr jiàng zài cì jiāo fēng dòu zhì wǔ shí duō huí hé
第二天，二将再次交锋。斗至五十多回合，

páng dé tuō dāo ér zǒu guān yǔ cuī mǎ zhēng zhuī bèi páng dé yí jiàn shè zhòng
庞德拖刀而走。关羽催马争追，被庞德一箭射中

zuǒ bì guān píng jiù fù huí yíng páng dé lūn dāo gǎn lái yú jìn pà
左臂。关平救父回营。庞德抡刀赶来。于禁怕

páng dé lì le tóu gōng gǎn jǐn míng jīn shōu bīng páng dé zhǐ dé huí yíng
庞德立了头功。赶紧鸣金收兵。庞德只得回营。

dì sān tiān páng dé yòu lái tiǎo zhàn guān yǔ yào dài shāng yíng zhàn
第三天，庞德又来挑战。关羽要带伤迎战，

bèi zhòngjiàng quàn zhù páng dé yì lián tiǎo zhàn shí duō tiān guān píng bù zhǔn bào
被众将劝住。庞德一连挑战十多天，关平不准报
gào guān yǔ zhǐ shì bì yíng bù chū
告关羽，只是闭营不出。

páng dé zhǔn bèi qiánggōng yǐ jiě fán chéng zhī wéi yú jìn bù yǔn
庞德准备强攻，以解樊城之围。于禁不允，
fǎn ér jiāng qī zhī jīng bīng yí zhì fán chéng běi shí lǐ de shān gǔ zhōng xià zhài
反而将七支精兵移至樊城北十里的山谷中下寨。

zhè shí guān yǔ jiàn chuāng yǐ yù hé tā dài zhe shù qí dēng gāo
这时，关羽箭疮已愈合。他带着数骑登高
liào wàng cáo yíng jiàn yú jìn qī jūn dōu tún yú shān gǔ yòu jiàn xiāngjiāng shuǐ
瞭望曹营。见于禁七军都屯于山谷，又见襄江水
shì shèn jí dùn shí xīn shēng yí jì
势甚急，顿时心生一计。

guān yǔ lìng jūn mǎ yí yú gāo dì yòu lìng zhǔn bèi chuán fá shuǐ jù
关羽令军马移于高地，又令准备船筏、水具。

guān píng yǒu xiē bù jiě guān yǔ shuō dào yǎn xià zhèng shì
关平有些不解。关羽说道：“眼下正是
yǔ jì xùn qī fàng shuǐ yì yān cáo bīng jiē wéi yú
雨季汛期，放水一淹，曹兵皆为鱼
biē cáo yíng dū jiàngchéng hé jiàn lián rì dà yǔ
鳖！”曹营督将成何见连日大雨，
xiāngjiāng shuǐzhǎng guān yǔ yòu zài zhǔn bèi chuán fá biàn
襄江水涨，关羽又在准备船筏，便
quàn yú jìn yí yíng bú liào fǎn
劝于禁移营，不料反
zāo yú jìn xùn chì
遭于禁训斥。

dāng yè fēng yǔ dà zuò
当夜，风雨大作。
guān yǔ xià lìng jué yàn fàng shuǐ
关羽下令掘堰放水，
hóng shuǐ cóng sì miàn bā fāng yǒng
洪水从四面八方涌
xiàng cáo yíng yú jìn qī jūn
向曹营。于禁七军

luànchéng yì tuán bèi bō tāo juǎn zǒu de rén bú jì qí shù
乱成一团，被波涛卷走的人不计其数。

yú jìn páng dé yǔ zhū jiàng gè dēng xiǎo shān bì shuǐ guān
于禁、庞德与诸将各登小山避水。关
yǔ shuài jūn yáo qí nà hǎn chéng dà chuán ér lái yú jìn jiàn sì
羽率军摇旗呐喊，乘大船而来。于禁见四
xià wú lù zuǒ yòu zhǐ yǒu wǔ liù shí rén
下无路，左右只有五六十人，
zì liào nán táo dà hǎn yuànxiáng
自料难逃，大喊“愿降”。
guān yǔ lìng rén bāo qù yú jìn yī jiǎ
关羽令人剥去于禁衣甲，
kǔn bǎng zài chuánshang
捆绑在船上。

kùn zài lìng yí zuò shān
困在另一座山
shang de páng dé yǔ bù zú wǔ
上的庞德，与步卒五
bǎi rén jiē wú yī jiǎ jiàn
百人，皆无衣甲，见
guān yǔ chuán lái háo wú jù sè
关羽船来，毫无惧色，
fèn lì yíng zhàn guān yǔ jiāng zhànchuán sì miàn wéi zhù jūn shì yì qí fàng
奋力迎战。关羽将战船四面围住，军士一齐放
jiàn shè sǐ cáo bīng dà bàn zhàn dào zhōng wǔ páng dé shēnpáng de jiàng shì
箭，射死曹兵大半。战到中午，庞德身旁的将士
sǐ de sǐ xiáng de xiáng zhǐ yǒu páng dé yì rén réng zài lì zhàn tā fèn
死的死，降的降，只有庞德一人仍在力战。他奋
bú gù shēn tiào shàng jīng zhōu bīng de yì zhī xiǎochuán shā sǐ shí duō rén páng
不顾身跳上荆州兵的一只小船，杀死十多人。庞
dé yì shǒu tí dāo yì shǒu yáo lǔ chōng chū bāo wéi wǎng fán chéng fāng xiàng
德一手提刀，一手摇橹，冲出包围，往樊城方向
táo qù méi zǒu duō yuǎn zhōu cāngchēng dà mù fá jiāng xiǎo chuán zhuàng fān
逃去。没走多远，周仓撑大木筏将小船撞翻。
páng dé luò rù shuǐzhōng zhōu cāng tiào xià shuǐ qù qín páng dé tā shuǐ xìng
庞德落入水中。周仓跳下水去擒庞德。他水性

hǎo lì qì dà piàn kè jiān
好，力气大，片刻间
jiù jiāng páng dé shēng qín shàng chuán
就将庞德生擒上船。

zhè yí zhàn yú jìn qī
这一战，于禁七
jūn quán bù fù mò guān yǔ shēng
军全部覆没。关羽升
zhàng xià lìng jiāng yú jìn yā sòng
帐，下令将于禁押送
jīng zhōu jiān jìn zhōu cāng
荆州监禁。周仓
yā shàng páng dé páng
押上庞德。庞
dé héng méi nù mù áng
德横眉怒目，昂
shǒu bú guì
首不跪。

guān yǔ quàn tā
关羽劝他
tóu xiáng páng dé gāo
投降。庞德高
shēng dào wǒ nìng kě sǐ yú dāo xià qǐ néng xiáng nǐ guān yǔ dà nù
声道：“我宁可死于刀下，岂能降你！”关羽大怒，
hè lìng tuī chū zhǎn shǒu yòu lián qí zhōng yǒng ān pái hòu zàng
喝令推出斩首。又怜其忠勇，安排厚葬。

guān yǔ dà huò quán shèng chéng shuǐ shì wèi tuì yòu shàng zhàn chuán shuài
关羽大获全胜，乘水势未退，又上战船，率
jūn lái gōng fán chéng
军来攻樊城。

失荆州关羽走麦城

shijingzhouguanyuzoumaicheng

曹操听说关羽水淹七军，大为震惊。本打算迁都以避开他，后听司马懿的建议，才一面致信东吴，请孙权袭关羽之后，一面派徐晃率五万精兵接应樊城。

孙权正想夺回荆州，接信后便与群臣商议进兵之计。吕蒙主张暗袭荆州，孙权让他赶快行动，自己随后起兵。吕蒙回到陆口，发现荆州已有准备，沿江筑有烽火台，防守严密，心中暗暗吃惊。他百思不得良策，便托病不出。吕蒙推荐陆逊代替自己。孙权封陆逊为偏将军右都

du zhèn shǒu lù kǒu lù xùn dào rèn jí pài shǐ zhě gěi guān yǔ sòng qù
督，镇守陆口。陆逊到任，即派使者给关羽送去
shū xìn hé míng mǎ měi jiǔ děng lǐ wù qiú liǎng jiā hé hǎo guān gōng jiàn
书信和名马、美酒等礼物，求两家和好。关公见
xìn zhōng cí yì bēi shùn bù yóu dé yǎng miàn dà xiào
信中词意卑顺，不由得仰面大笑。

sūn quán tàn de guān yǔ guǒ rán zhòng jì yòu cóng jīng zhōu diào chū dà bàn
孙权探得关羽果然中计，又从荆州调出大半
bīng mǎ qù gōng fán chéng biàn bài lǚ méng wéi dà dū dū chéng xū duó qǔ jīng
兵马去攻樊城。便拜吕蒙为大都督，乘虚夺取荆
zhōu zì shuài dà jūn suí hòu gēn jìn
州，自率大军随后跟进。

lǚ méng diǎn bīng sān wàn kuài chuán bā shí duō zhī xuǎn huì shuǐ zhě bàn
吕蒙点兵三万，快船八十多只，选会水者扮
zuò shāng rén piàn guò jīng zhōu bīng yú yè wǎn zhàn lǐng le suǒ yǒu fēng huǒ tái
作商人，骗过荆州兵，于夜晚占领了所有烽火台。
yòu lì yòng bèi fú guān jūn dǎ kāi jīng zhōu chéng mén
又利用被俘官军打开荆州城门。

wú jūn qīng ér yì jǔ de xí qǔ le jīng zhōu chéng gōng ān
吴军轻而易举地袭取了荆州城。公安、
nán jùn shǒu jiàng fù shì rén mí fāng běn lái jiù duì guān yǔ bù mǎn jiàn
南郡守将傅士仁、糜芳本来就对关羽不满，见
wú jūn shì dà nán dāng jūn chū chéng tóu xiáng
吴军势大难当，均出城投降。

cáo cāo dé zhī dōng
曹操得知东
wú yǐ xí jīng zhōu jí lìng
吴已袭荆州，急令
xú huǎng jìn gōng guān yǔ
徐晃进攻关羽，
tóng shí qīn tǒng dà jūn chū
同时亲统大军，出
luò yáng yǐ nán lái jiù cáo
洛阳以南来救曹
rén
仁。

xú huǎng dǎ bài guān jūn lián duó
徐晃打败关军，连夺
shí èr zhài guān yǔ yíng zhōng yǐ chuán
十二寨。关羽营中已传
lǚ méng xí le jīng zhōu guān yǔ bú xìn
吕蒙袭了荆州，关羽不信，
yòu bù tīng guān píng quàn zǔ tí dāo lái
又不听关平劝阻，提刀来
zhàn xú huǎng xú huǎng huī fǔ zhí bèn
战徐晃。徐晃挥斧直奔
guān yǔ guān yǔ lūn dāo xiāng yíng èr
关羽，关羽抡刀相迎。二
jiàng zhèng shā de nán jiě nán fēn hū rán
将正杀得难解难分，忽然
hǎn shēng dà zhèn cáo rén dài bīng cóng
喊声大震，曹仁带兵从
chéng nèi shā chū liǎng xià jiā gōng
城内杀出，两下夹攻，
jīng zhōu bīng dà luàn guān yǔ dài bīng
荆州兵大乱。关羽带兵
jí dù xiāng jiāng bēn xiāng yáng tàn mǎ bào jīng zhōu yǐ shī guān yǔ dà jīng
急渡襄江奔襄阳。探马报荆州已失。关羽大惊，
zhuǎn bēn gōng ān tàn mǎ yòu bào gōng ān nán jùn jūn xiáng dōng wú guān yǔ
转奔公安。探马又报公安、南郡均降东吴。关羽
nù qì shàng chōng jiàn chuāng bèng liè hūn dǎo zài dì
怒气上冲，箭疮迸裂，昏倒在地。

guān yǔ bèi jiù xǐng duì wáng fǔ shuō wǒ zhēn hòu huǐ bù tīng nín de
关羽被救醒，对王甫说：“我真后悔不听您的
huà zào chéng jīn tiān de jié guǒ yí miàn chāi mǎ liáng yī jí gǎn fù
话，造成今天的结果！”一面差马良、伊籍赶赴
chéng dū qiú jiù yí miàn dài bīng lái qǔ jīng zhōu
成都求救，一面带兵来取荆州。

guān yǔ cuī jūn jí jìn tú zhōng bèi jiǎng qīn hán dāng zhōu tài dīng
关羽催军急进，途中被蒋钦、韩当、周泰、丁
fèng xú shèng wǔ lù jūn mǎ wéi zhù shā zhì huáng hūn jīng zhōu guān bīng dà duō
奉、徐盛五路军马围住。杀至黄昏荆州官兵大多

逃亡，身边只剩下三百多人。杀至三更，关平、廖化分两路杀入重围，救出关羽，退至麦城死守。关公又差廖化杀出重围去上庸向刘封、孟达求救。

刘封是刘备养子，见廖化来到，本想带兵救叔父，无奈经不住孟达的挑拨、阻拦，竟然不肯出兵。廖化大骂出城，奔成都而去。

关羽看救兵不到，忽报城下诸葛瑾求见。诸葛瑾劝关公归顺吴侯，复镇荆襄，同力破曹，共扶汉室，被关羽断然拒绝。

这时，城中只剩士兵三百多人，粮草又尽。关羽决定留王甫、周仓守城，自己和关平带二百多人突围奔西川。

关羽要出北门走小路，王甫谏道："小路有埋伏，可走大路。"关公道："虽

yǒu mái fú wǒ yě bú pà chéng yè sè tū chū běi
有埋伏，我也不怕。”乘夜色突出北
mén wǎng xī ér qù yuē zǒu èr
门往西而去。约走二
shí yú lǐ xiān hòu yù dào zhū rán
十余里，先后遇到朱然、
pān zhāng liǎng zhī fú bīng
潘璋两支伏兵
lán jié guān yǔ fù
拦截。关羽父
zǐ fèn lì shā tuì fú
子奋力杀退伏
bīng wǎng lín jǔ xiǎo lù
兵，往临沮小路
bēn zǒu wǔ gēng jiāng
奔走。五更将
jìn xíng zhì jué shí
近，行至决石，
liǎng xià shì shān shù mù cóng zá yì
两下是山，树木丛杂。一
shēng hǎn qǐ fú bīng jìn chū cháng gōu tào suǒ jiāng zuò xià mǎ bàn dǎo guān
声喊起，伏兵尽出，长钩、套索将坐下马绊倒，关
yǔ fù zǐ bèi pān zhāng bù jiàng mǎ zhōng qín huò
羽父子被潘璋部将马忠擒获。

mǎ zhōng yā guān yǔ fù zǐ lái jiàn sūn quán sūn quán quàn guān gōng tóu
马忠押关羽父子来见孙权。孙权劝关公投
xiáng guān yǔ nìng sǐ bù cóng sūn quán zhǐ dé xià lìng jiāng guān yǔ fù zǐ zhǎn
降，关羽宁死不从。孙权只得下令将关羽父子斩
shǒu guān yǔ de qīng lóng dāo cì yú le pān zhāng wú bīng tí zhe guān yǔ
首。关羽的青龙刀赐予了潘璋。吴兵提着关羽
fù zǐ de shǒu jí lái mài chéng zhāo xiáng wáng fǔ dà jiào yì shēng tiào chéng ér
父子的首级来麦城招降。王甫大叫一声跳城而
sǐ zhōu cāng zì wěn shēn wáng mài chéng yě bèi dōng wú zhàn lǐng
死，周仓自刎身亡。麦城也被东吴占领。

报弟仇兵败白帝城

baodichoubingbaibaidicheng

jīng zhōu shī shǒu guān yǔ fù zǐ bèi hài de xiāo xi chuán dào chéng dū
荆州失守、关羽父子被害的消息传到成都，
hàn zhōng wáng liú bèi kū dǎo zài dì fā shì yào miè diào dōng wú wèi guān yǔ
汉中王刘备哭倒在地，发誓要灭掉东吴，为关羽
bào chóu chuán zhǐ chuān zhōng dà xiǎo jiàng shì jìn jiē guà xiào
报仇，传旨川中大小将士，尽皆挂孝。

guān yǔ sǐ hòu bù jiǔ cáo cāo yīn tóu tòng bìng fā zuò yī zhì wú
关羽死后不久，曹操因头痛病发作，医治无
xiào ér sǐ zhǎng zǐ cáo pī bèi fēng wéi wèi wáng chéng xiàng gǎi jiàn ān èr shí
效而死，长子曹丕被封为魏王丞相，改建安二十
wǔ nián wéi yán kāng yuán nián
五年为延康元年。

cáo pī bǎ zhuī suí tā de wén wǔ guān yuán dōu shēng le
曹丕把追随他的文武官员都升了
guān yòu dài sān shí wàn rén mǎ huí gù xiāng pèi guó qiáo xiàn
官，又带三十万人马回故乡沛国谯县，
jì sì zǔ xiān rán hòu huí dào xǔ chāng lìng xiàn dì ràng
祭祀祖先。然后回到许昌，令献帝让
wèi yóu tā dēng jī chēng wèi dì xiàn
位，由他登基称魏帝。献
dì jù pà cáo jiā de shì lì
帝惧怕曹家的势力，
xià de bù gǎn chū miàn cáo
吓得不敢出面，曹
hóng cáo xiū dài jiàn rù gōng
洪、曹休带剑入宫，
qiáng xíng qǐng xiàn dì ràng wèi
强行请献帝让位。

cáo pī gǎi yán kāng yuán nián wéi huáng chū yuán nián guó hào
曹丕改延康元年为黄初元年，国号
dà wèi zhuī zèng cáo cāo wéi tài zǔ wǔ huáng dì
大魏，追赠曹操为太祖武皇帝，
biǎn xiàn dì wéi shān yáng gōng gǎn chū xǔ chāng
贬献帝为山阳公，赶出许昌。

liú bèi tīng shuō cáo pī cuàn hàn zì lì
刘备听说曹丕篡汉自立，
zài luò yáng dà zào gōng diàn yòu tīng shuō
在洛阳大造宫殿，又听说
xiàn dì yǐ bèi àn hài zhōng rì tòng kū
献帝已被暗害，终日痛哭，
xià lìng bǎi guān dài xiào zhuī zèng xiào mǐn
下令百官戴孝，追赠孝悯
huáng dì zhū gě liàng yǔ bǎi guān shàng
皇帝。诸葛亮与百官上
biǎo qǐng hàn zhōng wáng jí huáng dì wèi liú bèi jiān jué bú yuàn chēng dì zhū
表，请汉中王即皇帝位。刘备坚决不愿称帝。诸
gě liàng jiàn quàn bú dòng tā jiù tuō bìng bù chū liú bèi lái jūn shī fǔ tàn
葛亮见劝不动他，就托病不出。刘备来军师府探
wàng tā zhū gě liàng yòu jǔ chū gǔ jīn shì lì quàn tā tā zhōng yú shuō
望他，诸葛亮又举出古今事例劝他，他终于说：
dài jūn shī bìng hǎo zài xíng dēng jī zhū gě liàng yí yuè ér qǐ bǎi guān
“待军师病好，再行登基。”诸葛亮一跃而起，百官
yōng rù yì qí guì bài liú bèi gǎi yuán zhāng wǔ yuán nián lì liú chán wéi
拥入，一齐跪拜。刘备改元章武元年，立刘禅为
tài zǐ fēng zhū gě liàng wéi chéng xiàng dà xiǎo guān yuán dōu shēng qiān
太子，封诸葛亮为丞相，大小官员都升迁。

liú bèi dēng jī chēng dì hòu qīn zì shuài huáng zhōng děng shù bǎi yuán dà
刘备登基称帝后，亲自率黄忠等数百员大
jiàng diào jí qī shí wàn rén mǎ yòu jiè wǔ wàn fān bīng gòng qī shí wǔ wàn
将，调集七十万人马，又借五万番兵，共七十五万
dà jūn jiù yào chū zhēng fá wú
大军，就要出征伐吴。

zhāng fēi zài làng zhōng tīng shuō guān yǔ bèi hài rì yè tòng kū xuè lèi
张飞在阆中听说关羽被害，日夜痛哭，血泪

dǎ shī yī shān shǒu xià de jiāng jūn ràng tā hē
打湿衣衫。手下的将军让他喝
jiǔ jiě chóu tā yì hē zuì nù qì gèngshèng jiàng
酒解愁，他一喝醉怒气更盛，将
shì shāo yǒu chù fàn jiù yòng biān chōu dǎ shèn zhì huó
士稍有触犯，就用鞭抽打，甚至活
huó dǎ sǐ zhāng fēi xià lìng quán jūn sān tiān nèi zhì
活打死。张飞下令全军三天内置
bàn bái qí bái jiǎ dài xiào fá
办白旗白甲，戴孝伐
wú dì èr tiān bù jiàng
吴。第二天，部将
fàn jiāng zhāng dá qǐng qiú
范疆、张达请求
kuān xiàn jǐ tiān zhāng fēi
宽限几天。张飞
jí yú bào chóu rèn wéi
急于报仇，认为
tā men gù yì wéi kàngmìng
他们故意违抗命
lìng mìng rén bǎ tā men
令，命人把他们
bǎng zài shù shang biān chī wǔ shí hè lìng míng tiān bàn bù qí jiù shā nǐ
绑在树上，鞭笞五十，喝令："明天办不齐就杀你
men shì zhòng liǎng rén huí yíng shāngliang dāng yè cì shā le zhāng fēi gē xià
们示众！"两人回营商量，当夜刺杀了张飞，割下
rén tóu dài shàng jǐ shí míng qīn xìn tóu dōng wú qù le
人头，带上几十名亲信投东吴去了。

liú bèi gāng chū zhēng jiù jué de xīn jīng ròu tiào zuò wò bù ān
刘备刚出征，就觉得心惊肉跳，坐卧不安。
lián yè pài rén wèn zhū gě liàng zhū gě liàng shuō yào sǔn shī yì yuán dà
连夜派人问诸葛亮，诸葛亮说："要损失一员大
jiàng liú bèi àn bīng bú dòng sān tiān hòu wú bān lái bào zhāng fēi yù
将。"刘备按兵不动。三天后，吴班来报张飞遇
hài liú bèi fàngshēng dà kū hūn dǎo zài dì dì èr tiān liú bèi ràng
害。刘备放声大哭，昏倒在地。第二天，刘备让

zhāng bāo yǔ guān xīng jié bài wéi xiōng dì gòng bào fù chóu zhāng bāo nián zhǎng
张苞与关兴结拜为兄弟，共报父仇。张苞年长
yí suì guān xīng bài tā wéi xiōng liú bèi ràng wú bān wéi xiān fēng zhāng bāo
一岁，关兴拜他为兄。刘备让吴班为先锋，张苞、
guān xīng hù jià shuǐ lù dà jūn bìng jìn shā bēn dōng wú
关兴护驾，水陆大军并进，杀奔东吴。

sūn quán shōu liú le fàn jiāng zhāng dá tīng shuō liú bèi qīn shuài qī shí
孙权收留了范疆、张达，听说刘备亲率七十
wǔ wàn dà jūn dōng zhēng yǔ bǎi guān miàn miàn xiāng qù zhū gě jǐn yuàn wéi shǐ
五万大军东征，与百官面面相觑。诸葛瑾愿为使
chén qián qù yǔ liú bèi jiǎng hé liú bèi bù yǔn jiǎng hé bǎ tā gǎn zǒu
臣，前去与刘备讲和。刘备不允讲和，把他赶走。
sūn quán qíng jí zhōng pài sūn cè de yǎng zǐ sūn huán wéi zuǒ dū du zhū rán
孙权情急中，派孙策的养子孙桓为左都督，朱然
wéi yòu dū du qǐ shuǐ lù rén mǎ qián qù kàng jī liú bèi shuāng fāng dà zhàn
为右都督，起水陆人马前去抗击刘备，双方大战
jǐ chǎng wú jūn lián zhàn lián bài
几场，吴军连战连败。

wú bīng yí bài tú dì duō yuán jiàng lǐng bèi shā rén rén dǎn zhàn xīn
吴兵一败涂地，多员将领被杀，人人胆战心
jīng bǎi xìng xià de rì yè háo kū
惊，百姓吓得日夜号哭。

sūn quán dé zhī liú bèi dìng yào shā tā bù kěn jiǎng hé bù
孙权得知刘备定要杀他，不肯讲和，不
zhī zěn me bàn cái hǎo kàn zé jiù yǐ shēn jiā xìng mìng bǎo jǔ lù
知怎么办才好。阚泽就以身家性命保举陆
xùn rèn dà dū du dìng kě jī tuì liú bèi wǎn jiù bài jú
逊任大都督，定可击退刘备，挽救败局。
sūn quán xiǎng dào lù xùn suī shì dú shū rén dàn
孙权想到陆逊虽是读书人，但
shì zú zhì duō móu qǔ jīng zhōu shí
是足智多谋，取荆州时
jiù xiǎn lù le fēng máng bú gù lǎo
就显露了锋芒，不顾老
chén de fǎn duì zhù qǐ gāo tán bài
臣的反对，筑起高坛，拜

nián qīng wú míng de lù xùn wéi dà dū du
年轻无名的陆逊为大都督。

liú bèi tīng shuō sūn quán bài shū shēng lù xùn wéi dà dū du gēn běn bú
刘备听说孙权拜书生陆逊为大都督，根本不
fàng zài yǎn li lù xùn xiān pài bù jiàng chún yú dān fā dòng shì tàn xìng jìn
放在眼里。陆逊先派部将淳于丹发动试探性进
gōng chún yú dān dà bài ér huí liú bèi gèng jiā fàng xīn lù xùn mìng lìng
攻，淳于丹大败而回，刘备更加放心。陆逊命令
gè bù jiàng lǐng dài shàng yǐn huǒ wù fēn tóu xí jī liú bèi de yíng zhài
各部将领，带上引火物，分头袭击刘备的营寨。

xú shèng dīng fèng réng bú xìn néng jī bài liú
徐盛、丁奉仍不信能击败刘
bèi lù xùn què shuō cǐ jì dìng néng
备。陆逊却说：“此计定能
chénggōng zhǐ shì mán bú guò zhū gě liàng
成功，只是瞒不过诸葛亮，
wàn xìng tā bú zài zhè li
万幸他不在这里。”

dāng yè wú bīng fēn tóu xíng dòng dào chù fàng huǒ liú bèi de yíng
当夜，吴兵分头行动，到处放火。刘备的营
zhài zhuǎn yǎn jiān dōu biàn chéng huǒ hǎi shǔ bīng bèi shāo de jiāo tóu làn é shī
寨转眼间都变成火海，蜀兵被烧得焦头烂额，尸
héng biàn yě guān xīng zhāng bāo bǎo zhù liú bèi hǎo bù róng yì cái táo chū
横遍野。关兴、张苞保住刘备，好不容易才逃出
huǒ hǎi yòu bèi lù xùn de dà bīng wéi kùn zài mǎ ān shān guān xīng zhāng
火海，又被陆逊的大兵围困在马鞍山。关兴、张
bāo dāng xiān kāi lù ràng fù tóng duàn hòu liú bèi gāng chōng chū chóng wéi zhū
苞当先开路，让傅彤断后。刘备刚冲出重围，朱
rán lǐng bīng lán zhù qù lù lù xùn yòu lǐng bīng zhuī shā guò lái liú bèi
然领兵拦住去路。陆逊又领兵追杀过来。刘备
zì liào bì zhàn sǐ zài zhè lǐ xìng kuī zhào yún shā lái yì qiāng cì sǐ zhū
自料必战死在这里，幸亏赵云杀来，一枪刺死朱
rán jiù chū liú bèi táo wǎng bái dì chéng
然，救出刘备，逃往白帝城。

liú bèi táo dào bái dì chéng jiù shēng le
刘备逃到白帝城，就生了
bìng yuè lái yuè zhòng tā zì zhī bù néng zài quán
病，越来越重。他自知不能再痊
yù jiù mìng rén qǐng chéng xiàng
愈，就命人请丞相

zhū gě liàng zhū gě liàng jiàn liú bèi bìng wēi máng guì bài zài lóng chuáng qián
诸葛亮。诸葛亮见刘备病危，忙跪拜在龙床前。
liú bèi ràng tā zuò zài chuáng biān xiān zì zé méi tīng tā de huà yǐ zhì bīng
刘备让他坐在床边，先自责没听他的话，以致兵
bài huǐ hèn chéng jí yòu bǎ liú chán tuō fù gěi tā zhū gě liàng quàn liú
败，悔恨成疾，又把刘禅托付给他。诸葛亮劝刘
bèi bǎo zhòng liú bèi ràng mǎ sù tuì chū shuō mǎ sù yán guò qí shí bù
备保重，刘备让马谡退出，说：“马谡言过其实，不
kě zhòng yòng suí hòu chuán zhòng dà chén jìn diàn qǔ bǐ mò xiě le yí zhào
可重用。”随后传众大臣进殿，取笔墨写了遗诏，
rán hòu lā zhe zhū gě liàng shuō xiān sheng de cái néng shèng guò cáo pī shí bèi
然后拉着诸葛亮说：“先生的才能胜过曹丕十倍，
bì néng ān bāng dìng guó jiǎ rú tài zǐ chéng cái nǐ jiù bǎo tā yào bù chéng
必能安邦定国。假如太子成材你就保他，要不成
cái nǐ jiù dāng chéng dū zhī zhǔ zhū gě liàng kū bài zài dì shuō chén xiào
材你就当成都之主。”诸葛亮哭拜在地，说：“臣效
zhōng zhēn zhī jié yǐ sǐ bào bì xià liú bèi qǐng zhū gě liàng zuò hǎo zhǔ
忠贞之节，以死报陛下。”刘备请诸葛亮坐好，嘱
fù tài zǐ hé liú yǒng liú lǐ nǐ men jì zhù zhèn sǐ zhī hòu nǐ men
咐太子和刘永、刘理：“你们记住，朕死之后，你们
dì xiōng sān rén yào bǎ chéng xiàng dāng fù qīn duì dài ràng
弟兄三人要把丞相当父亲对待。”让
tā men tóng bài zhū gě liàng yòu zhǔ fù dà chén zhèn yǐ
他们同拜诸葛亮，又嘱咐大臣：“朕已
tuō gū gěi chéng xiàng nǐ men dōu bù kě dài
托孤给丞相，你们都不可怠
màn tā yòu zhǔ fù zhào yún
慢他。”又嘱咐赵云，
hǎo hāo kàn gù tā de ér zi
好好看顾他的儿子。
zuì hòu duì dà chén shuō zhèn
最后对大臣说：“朕
bù néng yī yī fēn fù qǐng dà
不能一一吩咐，请大
jiā zì ài shuō wán jiù sǐ le
家自爱。”说完就死了。

擒孟获孔明服南蛮

qinmenghuokongmingfunanman

刘禅即位后，国家大事均交诸葛亮裁处。诸葛亮派邓芝出使东吴，向孙权表达通好之意。自此，吴蜀重新联合起来。建兴三年，益州派人来报蛮王孟获率十万大兵进犯。诸葛亮亲自率领人马征南。

诸葛亮采用反间之计，借高定之手杀死雍闿、朱褒，平定三郡之乱，解了永昌之危。随后提兵大进，深入南蛮之地。

这时，后主派马谡来军慰劳，诸葛亮问马谡对平蛮有什么高见。马谡指出，最好的办法是采用攻心战术，收服他们的心，才永远不会反。诸葛

liàng diǎn tóu zàn xǔ jiù liú mǎ sù wéi cān jūn
亮点头赞许，就留马谡为参军。

mèng huò dé zhī zhū gě liàng yǐ zhì xiáng yōng kǎi děng sān lù fǎn jiàng
孟获得知诸葛亮已智降雍、闿等三路反将，
jiù mìng dì yī dòng yuán shuài jīn huán sān jié dì èr dòng yuán shuài dǒng tú nà
就命第一洞元帅金环三结、第二洞元帅董荼那、
dì sān dòng yuán shuài ā huì nán gè lǐng bīng wǔ wàn fēn sān lù yíng dí zhū
第三洞元帅阿会喃各领兵五万，分三路迎敌。诸
gě liàng diào bīng qiǎn jiàng shè xià mái fú gù yì jī nù zhào wèi qù tōu xí
葛亮调兵遣将，设下埋伏，故意激怒赵、魏去偷袭
dí jūn zhì qín sān dòng yuán shuài dà huò quán shèng
敌军，智擒三洞元帅，大获全胜。

mèng huò dé zhī sān lù yuán shuài bīng bài zì lǐng dà jūn yíng dí shǔ
孟获得知三路元帅兵败，自领大军迎敌，蜀
jūn zhà bài rán hòu chū fú bīng jī kuì mán jūn mèng huò qì mǎ pá shān ér
军诈败，然后出伏兵击溃蛮军。孟获弃马爬山而
táo bèi mái fú zài shān gǔ zhōng de wèi yán huó zhuō
逃，被埋伏在山谷中的魏延活捉。
zhū gě liàng wèn mèng huò jì yǐ bèi qín fú bù fú
诸葛亮问孟获既已被擒，服不服。
mèng huò shuō shì lù xiǎn bèi qín dāng rán bù fú
孟获说是路险被擒，当然不服。
zhū gě liàng jiù fàng tā huí qù
诸葛亮就放他回去，
zhěng dùn rén mǎ zài lái yì jué
整顿人马，再来一决
cí xióng zhòng jiàng duì zhū
雌雄。众将对诸
gě liàng bù
葛亮不
shā mèng huò
杀孟获
fǎn ér fàng huí
反而放回
bù lǐ jiě
不理解，

诸葛亮说擒他易如反掌，只是难以让他心服，所以放他回去，让他再战，直到他心服为止。

就这样，诸葛亮七擒七纵孟获，终于使孟获心服，他领着亲属来见诸葛亮，拜倒在地，说：“丞相天威，我永远也不反了。”诸葛亮问：“你服了吗？”孟获说：“我要让子子孙孙都感谢丞相的大恩，怎敢不服？”诸葛亮就请孟获进帐，另设酒宴款待，让他永为洞主。蜀军所占领的土地，都退还给他。孟获与蛮兵无不兴高采烈，欢呼跳跃。蛮人都感谢诸葛亮的恩德，立生祠四时供祭，叫他为“慈父”，又献上许多珍贵的土产为礼物。诸葛亮犒赏了三军，派魏延为先锋，班师回蜀。

诸葛亮妙计收姜维

zhugeliangmiaojishoujiangwei

cáo pī zài wèi qī nián huànzhòng bìng shēnwáng qí zǐ cáo ruì jí wèi
曹丕在位七年，患重病身亡，其子曹睿即位。
zhū gě liàng dé dào xiāo xi pà sī mǎ yì shēn móu yuǎn lǜ jiǔ hòu
诸葛亮得到消息，怕司马懿深谋远虑，久后
bì wèi shǔ hàn de dà dí jiù xiǎng fā bīng tǎo fá mǎ sù rèn wéi chéngxiàng
必为蜀汉的大敌，就想发兵讨伐。马谡认为丞相
zhēng nán gāng huí lái jūn mǎ pí fá bù yí yuǎnzhēng jiàn yì shī lí jiàn
征南刚回来，军马疲乏，不宜远征，建议施离间
jì wèi zhǔ bì shā sī mǎ yì zhū gě liàng rèn wéi cǐ jì shèn miào biàn
计，魏主必杀司马懿。诸葛亮认为此计甚妙，便
mì mì pài rén dào luò yáng yè jùn děng dì sàn bù liú yán shuō sī mǎ yì
秘密派人到洛阳、邺郡等地散布流言，说司马懿
zhǔn bèi móu fǎn cáo ruì xìn yǐ wéi zhēn
准备谋反。曹睿信以为真，
jiāng sī mǎ yì xuē zhí huí xiāng gǎi mìng cáo
将司马懿削职回乡，改命曹
xiū zǒng dū yōng liáng bīng
休总督雍、凉兵
mǎ zhū gě liàng wén xùn
马。诸葛亮闻讯
dà xǐ lì jí chéngshàng
大喜，立即呈上
yí fèn chū shī biǎo
一份《出师表》，
yāo qiú qīn shuài sān jūn běi
要求亲率三军北
fá zhōngyuán hòu zhǔ yuè
伐中原。后主阅

bà jiā fēng zhū gě liàng wéi píng běi dà dū du zé rì chū shī fá wèi
罢，加封诸葛亮为平北大都督，择日出师伐魏。

wèi zhǔ cáo ruì dé zhī shǔ guó dà jūn yā jìng máng fēng xià hóu yuān zhī
魏主曹睿得知蜀国大军压境，忙封夏侯渊之
zǐ xià hóu mào wéi dà dū du xīng yè dào cháng ān diào èr shí yú wàn guān
子夏侯茂为大都督，星夜到长安，调二十余万关
xī jūn mǎ lái duì kàng zhū gě liàng xià hóu mào pài xī liáng dà jiàng hán dé
西军马来对抗诸葛亮。夏侯茂派西凉大将韩德
hé tā de sì gè ér zi wéi xiān fēng dào xī míng shān xià yǔ zhào yún duì
和他的四个儿子为先锋，到西鸣山下与赵云对
zhèn zhào yún lǎo dāng yì zhuàng hán dé sān gè ér zi bèi shā sǐ yí gè
阵。赵云老当益壮，韩德三个儿子被杀死，一个
bèi huó zhuō xià hóu mào wén bào qīn tǒng dà jūn lái zhàn hán dé yù tì
被活捉。夏侯茂闻报，亲统大军来战。韩德欲替
zǐ bào chóu huī dà fǔ zhí qǔ zhào yún zhàn le bù dào sān huí hé bèi cì
子报仇，挥大斧直取赵云，战了不到三回合，被刺
yú mǎ xià zhào yún tǐng qiāng zhí bēn xià hóu mào wèi jūn dà bài
于马下。赵云挺枪直奔夏侯茂，魏军大败。

xià hóu mào yǐn bài jūn táo jìn nán ān jùn bèi shǔ jūn wéi zhù zhào
夏侯茂引败军逃进南安郡，被蜀军围住。赵
yún děng yì lián wéi le shí rì gōng dǎ bú xià
云等一连围了十日，攻打不下。
zhè shí zhū gě liàng yǐn zhōng jūn lái dào tā
这时，诸葛亮引中军来到。他
shè jì yǐn yòu fù jìn de tiān shuǐ ān dìng liǎng
设计引诱附近的天水、安定两
jùn lái jiù yuán nán ān chèn jī zhàn le
郡来救援南安，趁机占了
ān dìng jùn gōng pò nán ān chéng
安定郡，攻破南安城，
huó zhuō le xià hóu mào
活捉了夏侯茂。
tiān shuǐ tài shǒu mǎ zūn jiē
天水太守马遵接
dào nán ān sòng lái yāo qiú
到南安送来要求

jiù yìng de gōng wén jù liáng xù yǐn shǎng liáng qián děng guān yuán shāng yì rèn
救应的公文，聚梁绪、尹赏、梁虔等官员商议，认
wéi nán ān bèi wéi de shuǐ xiè bù tōng zěn huì yǒu rén chōng shā chū lái
为：南安被围得水泄不通，怎会有人冲杀出来？
cǐ rén bì shì shǔ jiàng zhèng yào qǐ bīng cān shì jiāng wéi shuō dào zhè shì
此人必是蜀将。正要起兵，参事姜维说道："这是
zhū gě liàng de jì móu bù kě chū bīng mǎ zūn huǎng rán dà wù jiāng wéi
诸葛亮的计谋，不可出兵。"马遵恍然大悟。姜维
yào tā jiāng jì jiù jì qù jiù nán ān bú yào zǒu yuǎn zì jǐ zé dài sān
要他将计就计去救南安，不要走远，自己则带三
qiān jīng bīng mái fú chéng wài méi guò duō jiǔ zhào yún dài lǐng wǔ qiān shǔ jūn
千精兵埋伏城外。没过多久，赵云带领五千蜀军
lái dào tiān shuǐ zhèng yào gōng chéng hū rán hǎn shēng dà zhèn huǒ guāng chōng tiān
来到天水，正要攻城，忽然喊声大震，火光冲天，
jiāng wéi tǐng qiāng yuè mǎ zhí qǔ zhào yún zhàn le jǐ huí hé jiāng wéi jīng
姜维挺枪跃马，直取赵云。战了几回合，姜维精
shén bèi zhǎng zhào yún àn àn chī jīng zhè shí mǎ zūn liáng
神倍长，赵云暗暗吃惊。这时，马遵、梁
qián yě fēn bīng liǎng lù shā lái zhào yún shǒu wěi bù néng
虔也分兵两路杀来。赵云首尾不能
xiāng gù yǐn bīng bài zǒu jiāng wéi jǐn zhuī
相顾，引兵败走。姜维紧追
bù shě kuī dé zhāng
不舍。亏得张
yì gāo xiáng liǎng lù shǔ jūn
翼、高翔两路蜀军
gǎn dào jiāng zhào
赶到，将赵
yún jiù huí zhài
云救回寨。
zhào yún xiàng zhū gě
赵云向诸葛
liàng huí bào bīng bài
亮回报兵败。
zhū gě liàng dé zhī
诸葛亮得知

姜维文武双全，智勇兼备，不禁暗暗赞叹。诸葛亮决定智收姜维，他得知姜维的母亲住在冀城，就派一路兵马去攻冀城，另一路兵马去打上邽。姜维担心母亲的安危，就向马遵讨了三千人马去救冀城。马遵又派梁虔领兵去保上邽。诸葛亮让蜀军放姜维、梁虔进入冀城、上邽，然后派人去南安把夏侯茂带来，对他说：“姜维有心降蜀。你若去招降他，就饶你性命。”夏侯茂为了脱身，答应去招降姜维。

他行至半路，只见许多冀城百姓奔走，说姜维已投降蜀军。夏侯茂立即赶到天水，告知马遵。马遵半信半疑。初更时，忽报蜀军前来攻城。火光中只见姜维在城下挺枪纵马，耀武扬威，到天亮才退。这个姜维是诸葛亮令人假扮

de ér zhēn jiāng wéi yǐ zài jì chéng bèi wéi shù tiān chéng zhōng liáng cǎo yuè lái
的，而真姜维已在冀城被围数天，城中粮草越来
yuè shǎo zhè tiān jiàn shǔ jūn zhèng zài yùn liáng biàn shuài bīng chū chéng qiǎng liáng
越少。这天，见蜀军正在运粮，便率兵出城抢粮。
shǔ bīng jiàn jiāng wéi shā lái diū xià liáng chē jiù zǒu jiāng wéi duó de liáng chē
蜀兵见姜维杀来，丢下粮车就走。姜维夺得粮车
huí zǒu zhāng yì wáng píng liǎng lù jūn shā lái jiāng wéi máng duó lù huí chéng
回走，张翼、王平两路军杀来。姜维忙夺路回城，
chéng yǐ bèi wèi yán xí qǔ jiāng wéi zhǐ shèng dān qiāng pǐ mǎ shā tiáo xuè lù
城已被魏延袭取。姜维只剩单枪匹马，杀条血路
bēn tiān shuǐ chéng xià jiào mén mǎ zūn zài chéng shang jiàn le jiāng wéi dà mà
奔天水城下叫门。马遵在城上见了姜维，大骂
fǎn zéi mìng shì bīng luàn jiàn shè xià jiāng wéi yǒu kǒu nán biàn gǎi tóu shàng
反贼，命士兵乱箭射下。姜维有口难辩，改投上
guī yòu bèi liáng qián jù zhī chéng wài tā yǎng tiān cháng tàn liǎng yǎn lèi liú
邽，又被梁虔拒之城外。他仰天长叹，两眼泪流，
bō mǎ wǎng cháng ān ér zǒu xíng zhì líng mǐn lǐ guān xīng shuài yì zhī rén mǎ
拨马往长安而走。行至灵敏里，关兴率一支人马
lán zhù le qù lù jiāng wéi lēi huí mǎ biàn zǒu zhǐ jiàn zhū
拦住了去路。姜维勒回马便走，只见诸
gě liàng zuò yí liàng xiǎo chē cóng shān pō hòu zhuàn chū
葛亮坐一辆小车从山坡后转出。

zhū gě liàng shuō dào bó yuē cǐ
诸葛亮说道：“伯约此
shí hái bù tóu xiáng jiāng wéi xún sī
时还不投降？”姜维寻思
liáng jiǔ zhǐ dé xià mǎ tóu xiáng
良久，只得下马投降。
zhū gě liàng wò zhe tā de shǒu
诸葛亮握着他的手
shuō wǒ zì chū máo lú yǐ
说；“我自出茅庐以
lái biàn qiú xián zhě yù chuán píng
来，遍求贤者，欲传平
shēng suǒ xué nǐ zhèng shì wǒ yào
生所学，你正是我要

zhǎo de rén jiāng wéi dà xǐ bài xiè jiāng wéi jīng yǔ zhū gě liàngshāng yì
找的人。”姜维大喜拜谢。姜维经与诸葛亮商议，
gěi liáng xù yǐn shǎng xiě le quànxiáng de mì xìn shè rù
给梁绪、尹赏写了劝降的密信，射入
chéngzhōng mǎ zūn jiàn xìn yào shā liáng xù yǐn shǎng
城中。马遵见信，要杀梁绪、尹赏。
èr rén dé zhī lián yè dǎ kāi chéngmén fàng
二人得知，连夜打开城门，放
shǔ jūn rù chéng mǎ zūn xià hóu màohuāng
蜀军入城。马遵、夏侯茂慌
máng dài jǐ bǎi rén táo chū xī mén
忙带几百人逃出西门，
tóu qiāng hú chéng ér qù suí hòu
投羌胡城而去。随后，
liáng xù yòu qù shàng guī shuì fú qí
梁绪又去上邽，说服其
dì liáng qián xiàn chū shàng guī chéng
弟梁虔献出上邽城。
shǔ jūn lián dé sān chéng shēng wēi dà
蜀军连得三城，声威大
zhèn yuǎn jìn zhōu jùn wàng fēng guī
震，远近州郡，望风归
xiáng zhū gě liàngzhěng dùn jūn mǎ jìn tí hàn zhōng zhī bīng qián chū qí shān
降。诸葛亮整顿军马，尽提汉中之兵，前出祁山，
bīng lín wèi shuǐ zhī xī
兵临渭水之西。

诸葛亮空城退司马
zhugeliangkongchengtuisima

wèi zhǔ dé zhī qián fāng zhàn bài bù zhī rú hé shì hǎo tài fù zhōng
魏主得知前方战败，不知如何是好。太傅钟
yóu yuàn yòng shēn jiā xìng mìng dān bǎo ràng wèi zhǔ chóng xīn qǐ yòng sī mǎ yì
繇愿用身家性命担保，让魏主重新起用司马懿。
wèi zhǔ jiàng zhǐ huī fù sī mǎ yì de guān zhí jiā fēng píng xī dà dū du
魏主降旨，恢复司马懿的官职，加封平西大都督，
diào nán yáng zhū lù jūn mǎ dào cháng ān huì shī
调南阳诸路军马，到长安会师。

sī mǎ yì jǔ jiàn zhāng hé wéi xiān fēng bìng zhǔ tuō jiē tíng liè
司马懿举荐张郃为先锋。并嘱托：“街亭、列
liǔ chéng jiē hàn zhōng yān hóu ná xià jiē tíng shǔ jūn bì luàn zhū gě liàng kě
柳城皆汉中咽喉，拿下街亭，蜀军必乱，诸葛亮可
qín tā yào zhāng hé cóng qín lǐng zhī xī jìn jūn zhí qǔ jiē tíng yán lù
擒。”他要张郃从秦岭之西进军，直取街亭，沿路
yuǎn yuǎn shào tàn wù zhòng zhū gě liàng zhī jì zhāng
远远哨探，勿中诸葛亮之计。张
hé shòu jì dài jūn ér xíng
郃受计带军而行。”

tàn zi bào gào zhū gě liàng shuō sī mǎ
探子报告诸葛亮，说司马
yì bì qǔ jiē tíng jiù wèn shuí
懿必取街亭，就问：“谁
gǎn qù shǒu jiē tíng mǎ sù shuō
敢去守街亭？”马谡说：
wǒ qù zhū gě liàng shuō jiē
“我去。”诸葛亮说：“街
tíng suī xiǎo guān xì zhòng dà wàn
亭虽小，关系重大，万

yī diū shī le wǒ jūn jiù quán wán le
一丢失了，我军就全完了。”
mǎ sù shuō jiǎ rú chū le chā cuò kě
马谡说：“假如出了差错，可
shā wǒ quán jiā mǎ sù jiù lì xià jūn
杀我全家！”马谡就立下军
lìng zhuàng zhū gě liàng bō gěi tā
令状，诸葛亮拨给他
liǎng wàn wǔ qiān jīng bīng pài wáng
两万五千精兵，派王
píng xié zhù tā xià zhài hòu huà
平协助他，下寨后画
shàng dì tú lì jí sòng lái
上地图，立即送来。

mǎ sù lái dào jiē
马谡来到街
tíng kàn le dì xíng
亭，看了地形，
rèn wéi zhū gě liàng tài duō
认为诸葛亮太多
xīn zhè zhǒng dì fang wèi
心，这种地方魏
bīng zěn me gǎn lái wáng
兵怎么敢来？王
píng quàn tā bù kě dà
平劝他不可大
yì mǎ sù jiàn fù jìn yǒu yī zuò gū shān shān shang shēng mǎn shù mù jiù
意。马谡见附近有一座孤山，山上生满树木，就
yào zài shān shàng zhù bīng wáng píng kǔ quàn mǎ sù què gù zhí jǐ jiàn jiān
要在山上驻兵。王平苦劝，马谡却固执己见，坚
chí zài shān shang zhù bīng wáng píng méi bàn fǎ zhǐ hǎo qǐng qiú fēn gěi tā yì
持在山上驻兵。王平没办法，只好请求分给他一
xiē bīng lìng xià yíng zhài kě hù xiāng zhī yuán
些兵，另下营寨，可互相支援。

sī mǎ yì pài cì zǐ sī mǎ zhāo qù tàn lù sī mǎ zhāo huí lái
司马懿派次子司马昭去探路，司马昭回来

说：“街亭有兵把守。”他不由长叹，说：“我不如诸葛亮呀！”司马昭却说：“街亭虽有蜀兵把守，却屯兵山上。路上没设营寨，很容易攻取。”司马懿于当夜趁月色前去察看敌情，马谡在山上看见，说：“他要想活命，别来围山。”司马懿回寨，问清是马谡守街亭，嘲笑说：“这人徒有虚名，是个庸才！”他就命令张郃去攻打王平，申耽、申仪去围山。蜀兵见魏军大队人马包围上来，吓得个个胆寒。马谡下令冲击，将士无人敢动。他斩了二将，才把军士赶下山，冲杀一阵，魏兵岿然不动，只好回山坚守。王平领兵来支援，却被张郃拦住去路，只好退兵。马谡军兵无水，人心大乱，闹到半夜，蜂拥下山投降。他只

好领残兵杀下山往西逃，背后张郃猛追上来。魏延杀出，救下马谡，重新夺回街亭，却又被司马懿父子与张郃三面包围，幸亏王平杀来，救出魏延，回到寨前，已被二申夺了寨。两人到列柳城投高翔，三人夜间去劫魏寨，却又中了埋伏，好不容易杀出重围，又被郭淮拦住去路，只得改投阳平关。

诸葛亮接到王平的地图，气得拍案大骂马谡坑了大军，正想派杨仪去替回马谡，探子来报街亭、列柳城俱失。诸葛亮跺着脚长叹，大事完了，忙吩咐关兴、张苞如此这般。

探马飞报，说司马懿领十五万大军杀来。诸葛亮身边无将，领的兵已有一半运粮走了，只剩两千五百人。众官员都面如土色，诸葛亮沉着地指挥：把旗帜放倒，大开四门，每门派二十名士兵扮成百姓，洒扫街道，不可乱动。布置好，他身披鹤氅，来到城上，让两个小童站在身旁，焚香抚琴。魏军前哨来到城下，不敢前进。司马懿赶来，见诸葛亮笑容可掬，在城上手挥五弦，身边香烟袅袅。城门口有二十来个百姓在洒扫。他心中狐疑，让后军改前军，往北退兵。司马昭认为诸葛亮无兵，故弄玄虚。司马懿却说：“诸葛亮一生谨慎，从不冒险，我们进兵，正中他的计。”诸葛亮见魏兵退尽，鼓掌大笑，传令：“司马懿很快就会回来，让城中百姓都去汉中。”

sī mǎ yì zhèng cóng wǔ gōng shān xiǎo lù tuì bīng zhāng bāo tū rán shā chū wèi
司马懿正从武功山小路退兵，张苞突然杀出，魏
jūn dà luàn guān xīng yòu shā chū wèi bīng bù zhī yǒu duō shǎo shǔ bīng diū
军大乱，关兴又杀出。魏兵不知有多少蜀兵，丢
kuī qì jiǎ ér táo guān xīng zhāng bāo yě bù
盔弃甲而逃。关兴、张苞也不
zhuī jī shōu jiǎo le zhàn lì pǐn jiù tuì le
追击，收缴了战利品就退了
bīng sī mǎ yì jiàn shǔ bīng yǒu mái fú
兵。司马懿见蜀兵有埋伏，
jiù tuì huí jiē tíng
就退回街亭。
hòu lái tīng shuō shǔ bīng
后来听说蜀兵
dōu huí hàn zhōng le
都回汉中了，
jiù lái dào xī chéng
就来到西城。
méi zǒu de bǎi xìng gào
没走的百姓告
su tā chéng zhōng zhǐ
诉他，城中只
yǒu liǎng qiān wǔ bǎi bīng
有两千五百兵
mǎ hái méi yí gè jiàng lǐng tā yòu dǎ
马，还没一个将领。他又打

ting dào guān xīng zhāng bāo gè lǐng sān qiān bīng bù yóu cháng tàn wǒ bù rú
听到关兴、张苞各领三千兵，不由长叹：“我不如
zhū gě liàng
诸葛亮！”

出祁山蜀魏大交兵

chuqishanshuweidajiaobing

建兴九年二月，魏太和五年，魏主知诸葛亮又伐中原。司马懿愿单独领兵，抗击蜀军，魏主亲自送他出征。他到了长安，会齐诸路人马。张郃愿领兵守雍、郿，司马懿不愿兵分多路，除留兵守上邽外，集中兵力往祁山，让张郃为先锋，让郭淮守陇西，他自领大军，督诸将分路进兵。前哨探子回报："诸葛亮大军往祁山来，先锋王平、张嶷出散关往斜

谷来。”司马懿料到诸葛亮要抢割陇西小麦，充当军粮，留张郃领四万兵守祁山，他领兵奔陇西。

诸葛亮兵至祁山，见魏军已有防备，而屡催李严不见运粮到来，就留王平、张嶷、二吴守大营，他领姜维、魏延到卤城。卤城太守自知难敌诸葛亮，开城投降。诸葛亮留张翼、马忠守卤城，自领兵去陇上割麦。前军报称：“司马懿带兵在此。”诸葛亮就让人推出一模一样的三辆四轮车，车上装饰也一样。他命姜维引一千兵护车，五百兵擂鼓，埋伏在上邽后面。每辆车用二十四人，都穿黑衣，披发赤足，仗剑簇拥四轮车。命三万兵带上镰刀绳子，准备割麦。让关兴装做天篷神，手执七星幡，步行车前，他端坐车上，往魏营而去。司马懿

得报，出营察看，命两千人马，把诸葛亮连人带车捉来。诸葛亮见魏军冲来，回车缓缓往蜀营而去。魏兵只觉阴风阵阵，催马猛追，就是追不上。魏兵大惊，勒马停下。诸葛亮见魏兵不追，又转过车来。魏兵犹豫一阵，又放马赶来，诸葛亮回车缓缓而行。魏兵前后赶了五六十里，只见诸葛亮就在前面不远处慢行，却怎么也追不上。司马懿领兵赶来，说：“诸葛亮会八门遁甲，这是六甲天书内的缩地法，不可再追。”司马懿刚想退兵，只听鼓声震天，三方推出三辆四轮车，车上各坐一个诸葛亮。他认为是诸葛亮请来的神兵，急忙领兵奔进上邽，闭门不出。三万蜀兵早把

陇上小麦割完，运到卤城打麦去了。

三天后，司马懿才知中计，那三个诸葛亮分别是姜维、马岱、魏延装扮的。他侦知卤城蜀兵不多，就与郭淮各领一军，想前后夹攻。诸葛亮已料到司马懿必攻卤城，让姜维、马岱、魏延、马忠分四处，各引两千兵埋伏。诸葛亮带领百余人，带上火炮，埋伏在城外麦田里。天黑时，司马懿兵临城下，与郭淮合兵，连夜攻城。城上万弩齐发，箭如雨下，魏兵不敢前进。这时，魏军中号炮连天，将士大惊。接着就见四面火光冲天，杀声动地，四路蜀兵一齐杀来。卤城四门大门，城内蜀兵蜂拥杀出。司马懿拼命突围占了山头，郭淮领败兵屯在山后。郭淮见与蜀军对峙许久，又伤亡三千多人，建议司马懿调雍、凉人马围困诸葛亮，他率军奇袭剑阁，断其粮道，可消灭蜀军。司马懿就调

yōng liáng rén mǎ zhù zhàn pài sūn lǐ gēn guō huái qù xí jiàn gé
雍、凉人马助战，派孙礼跟郭淮去袭剑阁。

zhū gě liàng duō rì bú jiàn wèi bīng chū zhàn cāi zhī wèi jūn yào xí jiàn
诸葛亮多日不见魏兵出战，猜知魏军要袭剑
gé pài jiāng wéi mǎ dài gè lǐng yí wàn bīng shǒu zhù xiǎn yào yǐ tuì wèi
阁，派姜维、马岱各领一万兵守住险要，以退魏
bīng yáng yí shuō rú jīn yǐ dào yì bǎi tiān shì bīng gāi huàn fáng le
兵。杨仪说：“如今已到一百天，士兵该换防了，
hàn zhōng bīng yǐ chū chuān kǒu zhǐ dài hé bīng xiāng huàn zhū gě liàng biàn mìng lìng
汉中兵已出川口，只待合兵相换。”诸葛亮便命令
shǔ bīng shōu shi xíng zhuāng zhǔn bèi huí jiā qià zài zhè shí yōng liáng de
蜀兵收拾行装，准备回家。恰在这时，雍、凉的
èr shí wàn dà jūn lái dào shǔ bīng wú bú hài pà yáng yí jiàn yì gāi huàn
二十万大军来到，蜀兵无不害怕。杨仪建议该换
de bīng zàn bú huàn dài xīn bīng lái dào zài huàn zhū gě liàng shuō wǒ jì
的兵暂不换，待新兵来到再换。诸葛亮说：“我既
yǒu lìng zài xiān jiù bù néng shī xìn gāi
有令在先，就不能失信，该
zǒu de mǎ shàng zǒu shǔ bīng dé zhī qún
走的马上走。”蜀兵得知，群
qíng yǒng yuè dōu yuàn shě mìng yí zhàn bào
情踊跃，都愿舍命一战，报
dá chéng xiàng zhū gě liàng zài sān xiāng quàn
答丞相。诸葛亮再三相劝，
shǔ bīng dōu bù kěn huí tā zhè
蜀兵都不肯回。他这
cái xià lìng nǐ men kě chū chéng
才下令：“你们可出城
ān yíng dài wèi bīng yí dào bù
安营，待魏兵一到，不
děng tā chuǎn yì kǒu qì lì jí
等他喘一口气，立即
fā qǐ měng gōng shǔ bīng lǐng mìng
发起猛攻。”蜀兵领命
chū chéng yǐ yì dài láo xī
出城，以逸待劳。西

liáng rén mǎ lián yè gǎn lái zǒu de rén kùn mǎ fá gāng
凉人马连夜赶来，走得人困马乏，刚
xiǎng xiē kǒu qì shǔ bīng fèn yǒng shā dào gè gè yǒng
想歇口气，蜀兵奋勇杀到，个个勇

měng wú bǐ shā
猛无比，杀
de yōng liáng bīng
得雍、凉兵
shī héng biàn yě
尸横遍野，
xuè liú chéng hé
血流成河。
zhū gě liàng shōu
诸葛亮收
bīng dà jiā kào
兵，大加犒
shǎng què shōu dào
赏，却收到
lǐ yán de gào
李严的告
jí wén shū shuō
急文书，说
shì wú guó yǐ
是吴国已
yǔ wèi guó lián
与魏国联
hé wú jūn yào jìn gōng xī chuān
合，吴军要进攻西川。
zhū gě liàng dà jīng zhǐ hǎo ràng gè lù rén mǎ hù xiāng yǎn hù màn màn tuì
诸葛亮大惊，只好让各路人马互相掩护，慢慢退
bīng zhāng hé jiàn shǔ bīng tuì qù bù gǎn zhuī jī máng qù bào gào sī mǎ
兵。张郃见蜀兵退去，不敢追击，忙去报告司马
yì sī mǎ yì pà zhòng mái fú bú ràng zhuī
懿。司马懿怕中埋伏，不让追。

五丈原诸葛亮归天

wuzhangyuanzhugelianggguitian

魏主起三路兵迎战东吴。他采用满宠的计策，从湖口夜袭吴军，火攻诸葛瑾，大获全胜。陆逊与孙权的联络密信被魏军截获。陆逊佯攻襄阳，将魏军的注意力吸引过去，然后悄然撤军。待魏军发觉，三路吴军已安然过江。魏主就驻扎合淝，等待时机。

建兴十一年二月，诸葛亮见兵精粮足，奏请再次北伐。诸葛亮命马岱在上方谷中建造木栅，堆积干柴，用柴草搭成窝棚，内外都埋上地雷。又命士兵在谷口白天举七星号带，夜间点七

zhǎn míng dēng ràng wèi yán bǎ sī mǎ yì yǐn lái
盏明灯，让魏延把司马懿引来。

dì èr tiān wèi bīng lù xù chū yíng gōng
第二天，魏兵陆续出营，攻
dǎ qí shān zhài sì xià lǐ shǔ bīng xū
打祁山寨。四下里蜀兵虚
zhāng shēng shì dōu qù jiù yìng sī
张声势，都去救应。司
mǎ yì fù zǐ sān rén lǐng
马懿父子三人领
zhōng jūn shā bēn shàng fāng
中军杀奔上方
gǔ wèi yán jiàn sī mǎ
谷。魏延见司马
fù zǐ dōu lái le wǔ
父子都来了，舞
dāo yíng zhàn méi jǐ huí
刀迎战，没几回
hé jiù wǎng qī xīng qí chù
合就往七星旗处
bài táo sī mǎ yì jiàn zhǐ yǒu yì
败逃。司马懿见只有一

yuán dí jiàng shǔ bīng rén shǎo fàng xīn zhuī shàng qù zhuī dào gǔ kǒu tā jiàn
员敌将，蜀兵人少，放心追上去。追到谷口，他见
lǐ miàn méi yǒu mái fú zhǐ yǒu tún liáng de cǎo péng jiù zhuī jìn gǔ zhōng què
里面没有埋伏，只有屯粮的草棚，就追进谷中，却
bú jiàn wèi yán xīn zhōng shēng yí máng mìng tuì bīng hū tīng mǎn shān gāo hǎn
不见魏延，心中生疑，忙命退兵，忽听满山高喊，
huǒ bǎ luàn diū xià lái dǔ zhù gǔ kǒu gǔ zhōng cǎo péng rán qǐ xióng xióng liè
火把乱丢下来，堵住谷口。谷中草棚燃起熊熊烈
huǒ dì léi hōng lóng lóng bào zhà wèi bīng jiāo tóu làn é sī mǎ yì shǒu
火，地雷轰隆隆爆炸。魏兵焦头烂额，司马懿手
zú wú cuò yǔ liǎng gè ér zi bào tóu tòng kū shuō wǒ men fù zǐ dōu
足无措，与两个儿子抱头痛哭，说：“我们父子都
yào sǐ zài zhè li le shuí zhī jiù zài zhè shí hū tīng yì shēng pī lì
要死在这里了。”谁知就在这时，忽听一声霹雳，

bào yǔ qīng pén jiàng xià jiāo miè le liè huǒ lín shī le huǒ yào sī mǎ
暴雨倾盆降下，浇灭了烈火，淋湿了火药。司马
yì máng yǔ liǎng gè ér zi wǎng wài chōng shā zhèng hǎo shǒu xià zhāng hǔ yuè lín
懿忙与两个儿子往外冲杀，正好手下张虎、乐琳
gǎn lái jiē yìng mǎ dài bīng shǎo zǔ lán bú zhù zhǐ hǎo fàng tā men táo
赶来接应，马岱兵少，阻拦不住，只好放他们逃
le tā men táo dào wèi yíng yǐ bèi shǔ jūn zhàn lǐng zhǐ hǎo táo dào běi
了。他们逃到魏营，已被蜀军占领，只好逃到北
àn shāo duàn fú qiáo zhū gě liàng yǎn kàn sī mǎ fù zǐ jiù yào wán dàn
岸，烧断浮桥。诸葛亮眼看司马父子就要完蛋，
zhèng zài gāo xìng yì chǎng dà yǔ pò huài le quán pán jì huà bù yóu cháng tàn
正在高兴，一场大雨破坏了全盘计划，不由长叹
dào móu shì zài rén chéng shì zài tiān
道："谋事在人，成事在天。"

sī mǎ yì jù shǒu běi àn chuán lìng zài shuō chū zhàn de zhǎn zhū
司马懿据守北岸，传令：再说出战的斩！诸
gě liàng tún bīng wǔ zhàng yuán měi tiān pài rén tiǎo zhàn sī mǎ
葛亮屯兵五丈原，每天派人挑战，司马
yì jiù shì bù chū zhàn zhū gě liàng jiù pài rén
懿就是不出战。诸葛亮就派人
sòng qù yí tào nǚ zhuāng yǔ yì fēng shū xìn xiū
送去一套女装与一封书信，羞
rǔ sī mǎ yì sī mǎ
辱司马懿。司马
yì qiáng yā nù huǒ
懿强压怒火，
mǎn liǎn duī xiào zhāo
满脸堆笑招
dài shǐ zhě wèn qǐ
待使者，问起
zhū gě liàng de rì
诸葛亮的日
cháng shēng huó shǐ
常生活。使
zhě shuō chéng xiàng
者说："丞相

sù xīng yè mèi rì lǐ wàn jī chī fàn què hěn shǎo sī
夙兴夜寐，日理万机，吃饭却很少。”司
mǎ yì duì zhòng jiàng shuō zhū gě liàng chī de shǎo bàn shì duō
马懿对众将说：“诸葛亮吃得少，办事多，
bù néng huó cháng jiǔ le shǐ zhě huí yíng xiàng zhū gě liàng huí
不能活长久了。”使者回营，向诸葛亮回
huà zhū gě liàng cháng tàn shuō tā
话。诸葛亮长叹说：“他
hěn liǎo jiě wǒ zhǔ bù yáng yóng quàn
很了解我。”主簿杨颙劝
tā dà shì kě yǐ qīn zì chǔ lǐ
他，大事可以亲自处理，
rì cháng de gōng wù kě ràng yǒu guān rén
日常的公务可让有关人
qù bàn rú chén píng wéi xiàng gāo zǔ
去办。如陈平为相，高祖
wèn tā měi nián guó kù shōu rù duō shǎo
问他每年国库收入多少

qián liáng tā bù zhī dào yīn wèi zì yǒu zhǔ guǎn qián liáng de guān yuán zhū
钱粮，他不知道，因为自有主管钱粮的官员。诸
gě liàng shuō wǒ zěn bù zhī zhè xiē dào lǐ zhǐ yīn xiān dì bǎ guó jiā
葛亮说：“我怎不知这些道理？只因先帝把国家
tuō fù gěi wǒ wǒ bù néng bù jìn xīn a zhòng rén dōu gǎn dòng de liú
托付给我，我不能不尽心啊！”众人都感动得流
xià yǎn lèi zhū gé liàng cóng nà tiān qǐ kāi shǐ gǎn jué shén sī bù níng
下眼泪。诸葛亮从那天起开始感觉神思不宁。

wèi jiàng dé zhī sī mǎ yì gān shòu zhū gě liàng de nǚ zhuāng zhī rǔ
魏将得知司马懿甘受诸葛亮的女装之辱，
dōu hěn qì fèn qí lái qǐng zhàn sī mǎ yì jiù xiě biǎo zhāng pài shǐ zhě
都很气愤，齐来请战。司马懿就写表章，派使者
dào hé féi xiàng wèi zhǔ qǐng zhàn wèi zhǔ bù míng jiù lǐ xīn pí shuō tā
到合淝向魏主请战。魏主不明就里，辛毗说：“他
gù yì shàng biǎo yǐ píng zhòng jiàng de fèn nù wèi zhǔ jiù pài xīn pí wéi
故意上表，以平众将的愤怒。”魏主就派辛毗为
qīn chāi qián qù sī mǎ yì yíng zhōng chuán zhǐ zài gǎn qǐng zhàn yǐ wéi zhǐ
钦差，前去司马懿营中传旨：“再敢请战，以违旨

论处！”司马懿便让把这事传开来。蜀将得知，报告诸葛亮，诸葛亮笑着说：“这是司马懿安定军心的花招，也为着松懈我军的斗志。”正说着，费祎来到，说是吴国已兵败撤退。诸葛亮长叹一声，昏倒在地，半晌才醒过来，说：“我的旧疾复发，怕不能活了。”诸葛亮对姜维说：“我本想重兴汉室，但天命如此。我平生所学，已著书二十四篇，只传授给你，你要认真读。”姜维哭拜着收下书。诸葛亮又传授姜维连发弩的图本，可依法制造使用。又叮嘱道：“要认真防守阴平，此处虽险，久后必有失。”他又唤马岱入帐，附耳授了密计。又唤杨仪，给他一个锦囊，说：“我死后，魏延必反，危急时你再打开看。”诸葛亮安排完，便昏迷过去，再没了气息。

死诸葛吓走活司马

sizhugexiazouhuosima

dāng yè tiān chóu dì cǎn xīng yuè wú guāng yáng yí děng bù gǎn jǔ
当夜天愁地惨，星月无光。杨仪等不敢举
āi yī zhào zhū gě liàng de yí zhǔ bù zhì le yí qiè àn zhōng chuán lìng
哀，依照诸葛亮的遗嘱布置了一切，暗中传令，
ràng jiāng wéi duàn hòu gè yíng huǎn huǎn chè tuì sī mǎ yì yè guān tiān wén
让姜维断后，各营缓缓撤退。司马懿夜观天文，
jiàn yì kē dà xīng zì dōng běi fāng zhuì rù shǔ yíng sān luò sān qǐ jīng xǐ
见一颗大星自东北方坠入蜀营，三落三起，惊喜
de shuō zhū gě liàng sǐ le jiù mìng lìng dà jūn zhuī jī tū rán xiǎng
地说：“诸葛亮死了！”就命令大军追击，突然想
qǐ zhū gě liàng huì liù dīng liù jiǎ zhī fǎ pà shì shī
起诸葛亮会六丁六甲之法，怕是施
jì yòu tuì bīng huí yíng pài xià hóu bà lǐng shù
计，又退兵回营，派夏侯霸领数
shí qí bīng dào wǔ zhàng yuán zhēn tàn
十骑兵到五丈原侦探。

xià hóu bà dào wǔ zhàng yuán
夏侯霸到五丈原
zhēn chá bú jiàn yì rén jí máng
侦察，不见一人，急忙
huí bào sī mǎ yì shǔ bīng yǐ
回报司马懿：“蜀兵已
tuì wán le sī mǎ yì duò zhe
退完了！”司马懿跺着
jiǎo shuō zhū gě liàng zhēn sǐ le
脚说：“诸葛亮真死了，
kuài zhuī xià hóu bà quàn tā bù
快追！”夏侯霸劝他不

可轻去，但他坚持与二子领兵同追。追到山脚下，望见蜀兵不远，更加奋力追赶。忽听山后一声炮响，只见蜀兵反转回来，一面大旗上写着“汉丞相武乡侯诸葛亮”，再看中军中推出一辆小车，诸葛亮端坐车上，数十员上将围在旁边。司马懿大吃一惊，拨马就逃。姜维高叫：“贼将别走，你中了我们丞相的计了！”魏兵魂飞魄散，争先逃命，自相践踏，死伤无数。司马懿逃了五十多里，两员魏将赶上，拉住马嚼子，说：“都督别怕。”司马懿摸着头问：“我的头还在吗？”二将说：“蜀兵已走远了。”司马懿喘息半晌，神色方定，寻小路回寨，过了两天，他才得知，蜀兵退远后，哭声震天，军中扬起白旗，诸葛亮果真死了，只有

jiāng wéi yǐn yī qiān rén duàn hòu chē shang zuò de shì mù tóu
姜维引一千人断后，车上坐的是木头

rén tā bù yóu dé tàn dào wǒ
人。他不由得叹道：“我

néng zhī qí shēng bù néng zhī qí sǐ
能知其生，不能知其死。”

shǔ zhōng yīn cǐ liú chuán le yí jù yàn
蜀中因此流传了一句谚

yǔ sǐ zhū gě xià zǒu huó sī mǎ
语：“死诸葛吓走活司马。”

yáng yí jiāng wéi děng huǎn
杨仪、姜维等缓

huǎn tuì dào jiàn gé
缓退到剑阁，

hū jiàn qián miàn huǒ guāng
忽见前面火光

chōng tiān yì biāo jūn
冲天，一彪军

lán zhù qù lù yáng
拦住去路。杨

yí pài rén dǎ tàn yuán lái shì wèi yán shāo
仪派人打探，原来是魏延烧

guāng zhàn dào lǐng bīng lán lù jiāng wéi wèn yáng yí wèi yán yǒng měng yòu
光栈道，领兵拦路。姜维问杨仪：“魏延勇猛，又

yǒu mǎ dài xiāng zhù zěn me bàn yáng yí shuō chéng xiàng lín zhōng liú yì
有马岱相助，怎么办？”杨仪说：“丞相临终留一

jǐn náng ràng wǒ lín dí shí zài dǎ kāi jiù chāi kāi jǐn náng lǐ miàn hái
锦囊，让我临敌时再打开。”就拆开锦囊，里面还

yǒu yì fēng shū xìn fēng shang xiě zhe dài yǔ wèi yán duì dí zài mǎ shang
有一封书信，封上写着：“待与魏延对敌，在马上

fāng xǔ chāi kāi jiāng wéi jiù lǐng bīng chū chéng liè xià zhèn shì mà dào
方许拆开。”姜维就领兵出城，列下阵势，骂道：

fǎn zéi wèi yán chéng xiàng méi yǒu kuī dài nǐ nǐ wèi shén me yào zào fǎn
“反贼魏延，丞相没有亏待你，你为什么要造反？”

wèi yán shuō méi nǐ de shì nǐ ràng yáng yí lái yáng yí chāi kāi xìn
魏延说：“没你的事，你让杨仪来。”杨仪拆开信封，看了后，指着魏延笑道："丞相早知你必反，让我提防你，果然不假。你敢连叫三声'谁敢杀我'，我就把汉中献给你。"魏延大笑说："杨仪你听着，别说三声，就是叫三万声，你又怎么样？"他就大叫："谁敢杀我？"一声未叫完，马岱在他后面高叫："我敢杀你！"手起刀落，把魏延斩在马下。原来此计也是诸葛亮临终时密授马岱的。杨仪把这事奏明后主，后主说："念他以前的功劳，赐棺椁埋葬。"

姜伯约智斗邓士载
jiangboyuezhidoudengshizai

gōng yuán nián jiāng wéi shuài èr shí wàn bīng mǎ fá wèi shǔ jūn
公元258年，姜维率二十万兵马伐魏。蜀军
lái dào qí shān gǔ kǒu zhā xià sān gè dà zhài dèng ài dēng gāo liào wàng
来到祁山谷口，扎下三个大寨。邓艾登高瞭望，
bù yóu dé xīn zhōng dà xǐ yuán lái shǔ jūn de zuǒ yíng zhèng zhā zài tā shì
不由得心中大喜。原来，蜀军的左营正扎在他事
xiān pài bīng wā hǎo de dì dào shang dāng wǎn wèi bīng cóng dì dào li zuān dào
先派兵挖好的地道上。当晚，魏兵从地道里钻到
shǔ zhài nèi wài jiā gōng jiāng wéi háo bù huāng luàn zhàn zài zhōng jūn zhàng qián
蜀寨，内外夹攻。姜维毫不慌乱，站在中军帐前
chuán lìng jiàn dào dí bīng zhǐ guǎn yòng jiàn shè wàng
传令：“见到敌兵，只管用箭射！妄
dòng zhě zhǎn
动者斩！”

wèi bīng chōng jī shí yú cì jūn bèi
魏兵冲击十余次，均被
shè huí zhí dào tiān míng yě wèi néng chōng jìn
射回，直到天明也未能冲进
dà zhài dèng ài tàn dào jiāng wéi shēn dé
大寨。邓艾叹道：“姜维深得
zhū gě liàng bīng fǎ chǔ biàn ér
诸葛亮兵法，处变而
bù jīng zhēn shì jiàng cái
不惊，真是将才！”

dì èr tiān liǎng
第二天，两
jūn liè zhèn yú qí shān
军列阵于祁山

前。姜维按诸葛亮传授，布成八卦阵。邓艾见了，也布了个八卦阵。

两军冲突起来，阵法不曾错动。姜维将令旗一招，蜀军突然变成长蛇卷地阵，将邓艾困在垓心。邓艾不认识这个阵，心中大惊，引众将冲突不出。蜀军齐声呼喊：“邓艾快快投降！”邓艾说：“我一时逞能，中了姜维之计。”

正危急时，魏将司马望引一彪军从西北角杀入，邓艾乘势冲出重围。原来司马望年轻时曾与崔州平交友，认得此阵。

司马望告诉邓艾：“祁山九寨已全被蜀兵夺取。”邓艾懊恼万分，只得引败兵退至渭水南岸重新立寨。

邓艾得知司马望懂一些阵法，便要司

mǎ wàng lái rì yǔ jiāng wéi
马望来日与姜维
dòu zhèn fǎ zì jǐ zé
斗阵法，自己则
shuài yì jūn àn xí qí shān
率一军暗袭祁山，
duó huí zhài zhà
夺回寨栅。

dèng ài pài rén qián
邓艾派人前
wǎng shǔ yíng dì sòng zhàn shū
往蜀营递送战书。
jiāng wéi kàn wán liào dìng
姜维看完，料定
qí zhōng yǒu zhà biàn jiāng
其中有诈，便将
jì jiù jì lìng zhāng yì
计就计，令张翼、
liào huà yǐn yí wàn bīng mǎ
廖化引一万兵马
qù shān hòu mái fú
去山后埋伏。

dì èr tiān liǎng jūn yòu zài shān qián dòu qǐ zhèn fǎ jiāng wéi jiàn dèng
第二天，两军又在山前斗起阵法。姜维见邓
ài bú zài zhèn zhōng biàn dà xiào zhe duì sī mǎ wàng shuō nǐ yǔ wǒ dòu zhèn
艾不在阵中，便大笑着对司马望说：“你与我斗阵
shì jiǎ yǎn hù dèng ài tōu xí wǒ yíng shì zhēn sī mǎ wàng tīng le dà
是假，掩护邓艾偷袭我营是真！”司马望听了大
jīng máng yào qū bīng chè tuì jiāng wéi biān shāo yì zhǐ shǔ jūn cóng liǎng yì
惊，忙要驱兵撤退。姜维鞭梢一指，蜀军从两翼
chōng rù wèi zhèn shā de wèi bīng diū gē qì jiǎ cāng huáng táo mìng
冲入魏阵，杀得魏兵丢戈弃甲，仓皇逃命。

dèng ài cuī xiān fēng zhèng lún tōu xí shān hòu gāng zhuǎn guò shān jiǎo shǔ
邓艾催先锋郑伦偷袭山后，刚转过山脚，蜀
fú bīng shā chū zhèng lún bèi liào huà yì dāo zhǎn le zhāng yì yǐn jūn jiā
伏兵杀出，郑伦被廖化一刀斩了。张翼引军夹

攻，魏军大败。邓艾身中四箭，拼命突出。回到渭南，邓艾与司马望商定，派谋士党均潜入成都，贿赂后主宠信的宦官黄皓，让他散布流言，说姜维怨恨后主，准备降魏。

后主听信流言，忙遣人星夜召姜维还朝。姜维只得传令各军依法退兵。邓艾率兵追赶，见蜀军队形不乱，恐有埋伏，不敢再追。

姜维回朝见后主，奏道：“臣在祁山已夺取魏寨，却半途而废，必是中了邓艾反间之计。”后主让姜维回汉中，伺机再出兵伐魏。

再说司马昭自恃功高，要魏主曹髦封他为晋公。曹髦见他篡逆野心暴露无遗，

biàn shuài gōng zhōng lǎo ruò sān bǎi duō rén tǎo fá sī mǎ zhāo
便率宫中老弱三百多人讨伐司马昭。

cáo máo hái méi chū gōng jiù bèi sī mǎ zhāo zhǐ
曹髦还没出宫，就被司马昭指

shǐ rén shā sǐ le sī mǎ zhāo lìng lì cáo cāo zēng sūn
使人杀死了。司马昭另立曹操曾孙

cáo huàn wéi dì jiāng wéi wén bào zòu zhǔn hòu zhǔ yǐ
曹奂为帝。姜维闻报，奏准后主，以

tǎo sī mǎ zhāo shì jūn zhī zuì wéi míng zài dù fá wèi
讨司马昭弑君之罪为名，再度伐魏。

jiāng wéi shuài jūn gōng táo yáng
姜维率军攻洮阳，

xià hóu bà zhòng mái fú shēn wáng
夏侯霸中埋伏身亡，

dàn dèng ài què bèi jiāng wéi yǐn bīng
但邓艾却被姜维引兵

wéi kùn zài qí shān zhài zhōng
围困在祁山寨中。

zhè shí hòu zhǔ liú chán
这时，后主刘禅

chén nì jiǔ sè bù lǐ cháo zhèng
沉溺酒色，不理朝政。

yòu jiāng jūn yán yǔ shēn wú cùn gōng
右将军阎宇身无寸功，

xiǎng qǔ dài jiāng wéi huáng hào bāng tā shàng zòu hòu zhǔ yòu xià zhào xuān jiāng wéi
想取代姜维。黄皓帮他上奏，后主又下诏宣姜维

bān shī
班师。

出奇兵偷渡阴平关

chuqibingtouduyinpingguan

司马昭探得蜀国情况，心中大喜，立即封钟会为镇西将军，邓艾为征西将军，共同伐蜀。

姜维听说魏军犯境，立即表奏后主，请求派张翼、廖化分守阳安关和阴平桥，以保汉中，同时遣使者去吴国求救。

后主接表，召黄皓询问，黄皓却说姜维是虚报军情。姜维几次上表告急，都被黄皓隐瞒不报。后主每天宴饮欢乐，因此误了大事。

钟会率十万大军攻下南郑关，再攻阳安关。守关副将蒋舒降魏，主将傅佥死战不能

dé tuō zì wěn ér wáng hànzhōng gè chéng dōu bú zhàn ér xiáng
得脱，自刎而亡。汉中各城都不战而降。

dèng ài yǐn bīng gōng tà zhōng jiāng wéi zhèng yǔ tā xiāng kàng hū tīng hàn
邓艾引兵攻沓中，姜维正与他相抗，忽听汉
zhōng yǐ shī dà jīng chuán lìng wǎng xī chuān tuì jūn shào mǎ bào yīn píng qiáo
中已失，大惊，传令往西川退军。哨马报阴平桥
yǐ bèi yōng zhōu cì shǐ zhū gě xù zhàn lǐng duàn le shǔ jūn guī lù
已被雍州刺史诸葛绪占领，断了蜀军归路。

jiāng wéi yǐn bīng zhà gōng yōng zhōu zhū gě xù jí chè dà bù bīng lì qù
姜维引兵诈攻雍州，诸葛绪急撤大部兵力去
jiù jiāng wéi huí bīng shā guò yīn píng qiáo yǔ zhāng yì liào huà hé bīng yí
救。姜维回兵杀过阴平桥，与张翼、廖化合兵一
chù tuì zhì jiàn gé jiān shǒu
处，退至剑阁坚守。

zhōng huì dèng ài huì hé hòu dōu xiǎng duó dé miè shǔ tóu gōng dèng
钟会、邓艾会合后，都想夺得灭蜀头功。邓
ài yào chū qí bīng cóng yīn píng xiǎo
艾要出奇兵从阴平小
lù tōu xí chéng dū zhōng huì zé
路偷袭成都，钟会则
yào qǔ jiàn gé cóng dà lù jìn
要取剑阁从大路进
gōng liǎng rén jué dìng fēn tóu
攻。两人决定分头
jìn jūn
进军。

dèng ài lìng dèng zhōng
邓艾令邓忠
yǐn wǔ qiān jīng bīng bù chuān
引五千精兵，不穿
yī jiǎ gè zhí fǔ záo qì
衣甲，各执斧凿器
jù zài qián kāi lù zì
具，在前开路。自
xuǎn sān wàn bīng měi xíng bǎi
选三万兵，每行百

里，留三千兵扎寨。经过二十多天，走了七百多里，都是无人之地。来到摩天岭时，只剩两千人马。山陡路窄，只能弃马步行。爬到岭上，只见岭西全是悬崖峭壁，无法开凿。邓忠与开路士兵全都哭泣。邓艾道：“过去就是江油城，难道再退回去不成？”

邓艾下令把兵器抛下山，然后用毡子裹身，带头滚了下去。将士们有毡子的裹身滚下，没毡子的用绳索缚腰，攀木挂树，鱼贯而下。

两千多魏军下了摩天岭，只见当道一个大空寨。知情的士兵说：“诸葛亮在时拨一千兵守此险隘，现在被蜀主废弃了。”邓艾惊讶不已。

dèng ài yǐn bīng bù xíng xīng yè lái qiǎng jiāng yóu chéng shǒu jiàng mǎ miǎo
邓艾引兵步行，星夜来抢江油城。守将马邈
zhǐ fáng dà lù bù fáng xiǎo lù wèi bīng yì yōng rù chéng mǎ miǎo huāng máng
只防大路，不防小路，魏兵一拥入城。马邈慌忙
tóu xiáng bèi dèng ài yòng zuò xiàng dǎo guān
投降，被邓艾用作向导官。

dèng ài jiāng yán yīn píng xiǎo lù suǒ liú zhù jūn jūn jiē lái jiāng yóu huì
邓艾将沿阴平小路所留驻军，均接来江油会
qí bú gù pí láo qū bīng zhí bèn fú chéng chéng nèi guān lì jūn mín yǐ
齐，不顾疲劳，驱兵直奔涪城。城内官吏军民以
wéi wèi bīng cóng tiān ér jiàng quán bù tóu xiáng
为魏兵从天而降，全部投降。

xiāo xī chuán dào chéng dū hòu zhǔ xià de bù zhī suǒ cuò xì zhèng zòu
消息传到成都，后主吓得不知所措。郤正奏
qǐng xuān zhū gě liàng zhī zǐ zhū gě zhān lǐng bīng yù dí zhū gě zhān yǐn bīng
请宣诸葛亮之子诸葛瞻领兵御敌。诸葛瞻引兵
qī wàn lìng zhǎng zǐ zhū gě shàng wéi xiān fēng lái yíng wèi bīng
七万，令长子诸葛尚为先锋，来迎魏兵。

zhū gě zhān fù zǐ liǎng cì dà bài wèi jūn hòu bèi dèng ài shè fú bīng
诸葛瞻父子两次大败魏军，后被邓艾设伏兵
jī bài tuì shǒu mián zhú wèi bīng sì miàn wéi zhù zhū gé zhān lìng rén shā
击败，退守绵竹。魏兵四面围住。诸葛瞻令人杀
chū wǎng dōng wú qiú jiù
出往东吴求救。

zhū gě zhān jiàn jiù bīng bú dào yǐn
诸葛瞻见救兵不到，引
jūn dà kāi sān mén shā chū bèi wèi jūn kùn
军大开三门杀出，被魏军困
zài gāi xīn zhòng jiàn luò mǎ zì wěn ér
在垓心，中箭落马，自刎而
sǐ zhū gě shàng yě fèn lì pīn
死。诸葛尚也奋力拼
shā sǐ yú zhèn zhōng dèng ài gōng
杀，死于阵中。邓艾攻
zhàn le mián zhú
占了绵竹。

hòu zhǔ tīng shuō zhū gě zhān fù zǐ zhàn sǐ
后主听说诸葛瞻父子战死，
wèi bīng jiāng jìn chéng xià jí zhào wén wǔ dà chén shāng
魏兵将近城下，急召文武大臣商
yì guāng lù dà fū qiáo zhōu lì zhǔ tóu xiáng zāo
议。光禄大夫谯周力主投降，遭
dào hòu zhǔ dì wǔ gè ér zi běi dì wáng
到后主第五个儿子北地王
liú chén de tòng chì
刘谌的痛斥。

hòu zhǔ bù tīng liú chén
后主不听刘谌
zhī yán qiǎn qiáo zhōu děng chí
之言，遣谯周等持
yù xǐ xiàng dèng ài qǐng xiáng
玉玺向邓艾请降。
liú chén qī dé zhī chù zhù
刘谌妻得知，触柱
ér wáng liú chén shā sǐ sān
而亡。刘谌杀死三
gè ér zi dào xiān dì miào
个儿子，到先帝庙
dà kū yì chǎng zì wěn ér sǐ
大哭一场，自刎而死。

dì èr tiān hòu zhǔ shuài tài zǐ zhū wáng jí qún chén liù shí duō rén
第二天，后主率太子、诸王及群臣六十多人，
bèi kǔn shuāng shǒu lā zhe guān cai chū běi mén shí lǐ xiàng dèng ài tóu xiáng
背捆双手，拉着棺材，出北门十里向邓艾投降。

jiāng wéi zài jiàn gé tīng dào xiāo xī dà jīng shī yǔ héng jiàn zì wěn
姜维在剑阁听到消息，大惊失语，横剑自刎
ér wáng shí nián wǔ shí jiǔ suì
而亡，时年五十九岁。

魏蜀吴三国归大晋
weishuwusanguoguidajin

liú chánxiáng wèi hòu bèi qiān wǎng luò yáng shēn biān zhǐ yǒu jǐ gè jiù chén
刘禅降魏后被迁往洛阳，身边只有几个旧臣
xiāng suí sī mǎ zhāo fēng tā wéi ān lè gōng ér zi liú yáo hé jǐ gè jiù
相随。司马昭封他为安乐公，儿子刘瑶和几个旧
chén jiē fēng hóu jué huáng hào dù guó hài mín bèi líng chí chǔ sǐ
臣皆封侯爵。黄皓蠹国害民，被凌迟处死。

sī mǎ zhāo yīn miè shǔ yǒu gōng bèi wèi zhǔ fēng wéi jìn wáng bù
司马昭因灭蜀有功，被魏主封为晋王。不
jiǔ tā tū rán zhòngfēng qù shì ér zi sī mǎ yán jí jìn wáng wèi
久，他突然中风去世，儿子司马炎即晋王位。

sī mǎ yán ān zàng sī mǎ zhāo hòu jí wēi bī wèi zhǔ cáo huàn ràng
司马炎安葬司马昭后，即威逼魏主曹奂让
wèi wèi guó miè wáng sī mǎ yán dēng dì wèi gǎi guó hào dà jìn
位。魏国灭亡，司马炎登帝位，改国号大晋。

liǎng nián hòu sī mǎ yán jué xīn fá wú mìng
两年后，司马炎决心伐吴，命
dù yù wéi dà dū dū zǒng lǐng jūn mǎ sān shí wàn cóng
杜预为大都督，总领军马三十万从
lù lù jìn fā mìng yì zhōu cì shǐ wáng jùn děngshuài shuǐ
陆路进发；命益州刺史王濬等率水
lù bīng èr shí wàn chuán shù wàn sōu shùn jiāng dōng xià
陆兵二十万，船数万艘，顺江东下。

sūn hào tīng le dà jīng mángmìngchéngxiàng
孙皓听了大惊，忙命丞相
zhāng tì ān pái jūn mǎ yíng dí yòu cǎi nà
张悌安排军马迎敌。又采纳
cén hūn de jiàn yì yòng bǎi yú tiáo tiě liàn lán
岑昏的建议，用百余条铁链拦

江，将数万根长铁锥放在江中，阻挡晋船。

杜预大胜吴军，攻克江陵。吴军三路主将伍延、陆景、孙歆均被杀，武昌和沅、湘一带直至广州诸郡都投降。杜预带领部将向建业进军。

王濬率水军东进，前哨报告有铁索、铁锥拦江。王濬令赶造大批木筏，上面竖着披甲挂枪的草人，顺流放下。

吴兵见了，以为是晋军打来了，望风而逃。铁锥碰到木筏，都被拔起带走。

晋兵又在木筏上安放粗长的火炬，灌满麻油。木筏碰到铁链，就点燃火炬，不大工夫，铁链都被烧断了。

晋兵水陆并进，风驰电掣，直逼吴都建业。东吴丞相张悌率军奋力搏战，死于乱军之中。

吴主孙皓要群臣出战，大臣们说：“今日之祸，罪在岑昏，请陛下杀了他！”不

děng sūn hào xià lìng qún chén yì yōng rù gōng jiāng cén hūn shā le
等孙皓下令，群臣一拥入宫，将岑昏杀了。

wú jūn chū zhàn bù lì qián jiāng jūn zhāng xiàng jiàn jìn bīng nán yǐ dǐ dǎng xiàng wáng jùn tóu xiáng wáng jùn yào tā dāng qián bù zhāng xiàng dào chéng xià jiào kāi chéng mén ràng jìn bīng jìn chéng
吴军出战不利，前将军张象见晋兵难以抵挡，向王濬投降。王濬要他当前部。张象到城下叫开城门，让晋兵进城。

sūn hào jiàn jìn bīng rù chéng yào bá jiàn zì wěn shēn páng dà chén quàn dào hé bù xiào fǎ liú chán yú shì sūn hào bèi kǔn shuāng shǒu tái zhe guān cai shuài zhòng wén wǔ chū xiáng
孙皓见晋兵入城，要拔剑自刎。身旁大臣劝道：“何不效法刘禅？”于是，孙皓背捆双手，抬着棺材，率众文武出降。

dì èr tiān dù yù hé gè lù dà jūn huì hé dù yù xià lìng kào shǎng sān jūn kāi cāng zhèn jì píng mín dōng wú gè dì dōu píng dìng le
第二天，杜预和各路大军会合。杜预下令犒赏三军，开仓赈济平民。东吴各地都平定了。

jié bào chuán dào luò yáng jūn chén jǔ bēi xiāng qìng sī mǎ yán liú lèi shuō dào zhè shì yáng hù de gōng láo shì tā tí chū miè wú de fāng zhēn kě xī tā qù shì bù néng qīn yǎn kàn dào le
捷报传到洛阳，君臣举杯相庆。司马炎流泪说道：“这是羊祜的功劳，是他提出灭吴的方针，可惜他去世不能亲眼看到了。”

dù yù wáng jùn bān shī huí cháo dài zhe sūn hào jìn diàn bài jiàn sī mǎ yán sī mǎ yán fēng sūn hào wéi guī mìng hóu ràng tā ān dù yú shēng
杜预、王濬班师回朝，带着孙皓进殿拜见司马炎。司马炎封孙皓为归命侯，让他安度余生。

cóng cǐ sān guó guī yú jìn dì sī mǎ yán zhōng guó jīng lì bǎi shí nián de zhàn luàn yǔ fēn liè zhōng yú yòu tǒng yī qǐ lái
从此，三国归于晋帝司马炎。中国经历百十年的战乱与分裂，终于又统一起来。

图书在版编目(CIP)数据

三国演义/李翔主编.—武汉:长江出版社,
2010.5
(学生课外必读丛书)
ISBN 978-7-80708-933-9

Ⅰ.①三… Ⅱ.①李… Ⅲ.①章回小说—中国—明代
—缩写本 Ⅳ.①I242.4

中国版本图书馆CIP数据核字(2010)第079697号

三国演义 **李翔 主编**

责任编辑: 陈 军
装帧设计: 悦美图书设计
出版发行: 长江出版社
地 址: 武汉市解放大道1863号
邮 编: 430010
E-mail:cjpub@vip.sina.com
电 话: (027)82927763(总编室)
(027)82926806
经 销: 各地新华书店
印 刷: 湖北日报楚天印务总公司
规 格: 787mm×1092mm 1/16 12印张 150千字
版 次: 2012年2月第1版 2012年2月第1次印刷
ISBN 978-7-80708-933-9/K·124
定 价: 19.80元